異世界に
転移したら山の中だった。
反動で強さよりも快適さを選びました。
10

ジーン
姉の勇者召喚に巻き込まれ、異世界に転移した大学生。物を作るのが大好きで、手を抜かない性格。人に束縛されるのは嫌だが、世話好きな一面もある。
クリス＝イーズ
ナルシスト気味な金ランク昇格試験中の冒険者。いいやつではあるが、主張が激しいため、少々うざい。仕えるべき主人を探す騎士タイプ。
ディーン
金ランク昇格試験中の冒険者。明るく面倒見がいい兄貴分で、組織に組み入れられるのを嫌うタイプ。
主な登場人物

カーン
火の時代に栄えた国の王を名のる者。ジーンによって助けられ、現代を楽しむことに。
ハウロン
ジーンが普通を知るために、ノートに紹介してもらった伝説の魔法使い。リンリン老師のときは偏屈だが、ハウロンになるとオネエキャラになる二重人格。
レッツェ
慎重で思慮深い冒険者。安定を好み、付き合いは広く浅く外面よくだが、気に入った人間に対しては面倒見が良い。

Contents

異世界に

転移したら山の中だった。反動で強さよりも快適さを選びました。10

じゃがバター

イラスト
岩崎美奈子

1章　ドラゴン

俺の周りに風がびょうびょうと吹いている。

——そういうわけで、ドラゴンの大陸です。あの、おっかないジャングルを越えたんで、ちょっと気が軽くなって、草原をどんどん進んで、今は赤茶色と白っぽい層の見える、上が平らな岩山が連なる風景の中にいる。

すごい風が吹いてるから吹き飛ばされそうだけど、絶景。どうもここは風の精霊が溜まる土地らしい。南下するごとに吠《ほ》える風の精霊、荒れ狂う風の精霊、そして絶叫する風の精霊と、なかなかのラインナップ。それぞれの数も多い。

そしてドラゴン。そういえばドラゴンは、かつて勇者を守護して神になった風の精霊と、人を積極的には襲わない契約だかなんだかをしたんだったか。風の精霊とは縁が強くて、それで風が強いのかな？

縄張りに入り込んだ俺は、その『人を襲わない契約』の範囲に入らない感じがひしひしとするので、見つからないように潜伏中だ。

ドラゴンでっかい！　ここには大怪鳥みたいな鳥も、小型トラック並みに大きなサイみたいなのもいるんだけれど、ドラゴンは飛び抜けて大きい。その巨体で、大怪鳥やサイを捕まえて貪《むさぼ》り食っている。

お食事どうしてるのかと思ってたんだけど、普通に肉食ですね。いや、全部見て回ったわけじゃないし、種類によっては草食もいるのかもだけど。なんというか、家くらいある肉食獣の食事は、間近で見ると迫力。豪快な食事にいっそ爽快感を感じると同時に、ちょっとヒヤリとした気分になる。

それにしてもここ、飛ぶタイプのドラゴンが少ない。周囲の岩の色と似たゴツゴツした外殻の、翼《つばさ》のないドラゴンが幅を利かせている。

『～♪』

手伝ってくれている精霊が、気を引いてくる。

ここの精霊は言葉を話さない。なんか、木琴《もっきん》の高音域を何個か同時に打ち鳴らしたような声？　音で意思を伝えているようだけれど、【言語】さんも翻訳してくれないので、意味ある言葉としてではなく、感情を乗せているだけっぽい。

ドラゴンのお食事シーンから目を離して精霊を見ると、平たい石みたいな姿の精霊がくるくると回りながら、少し進んでは戻り、少し進んでは戻り。その後ろをついていって、精霊が止まった側の岩陰から覗《のぞ》いてみたら、別なドラゴンが闊歩《かっぽ》していた。

こっちはお食事中のドラゴンと違って、黒に見える茶色。

ここにいる精霊たちは、街に近い場所にいる精霊たちと少し在《あ》りようが違う。大地の精霊たちはそのまま大地の形をしている。大地の形っていうのは変だけど、なんか平たいの。苔《こけ》の精霊は苔の形、岩の精霊は岩の形。なんというか、風景に溶け込む形をしてる。

司《つかさど》るものの姿をそのままとってる感じ？　属性が混じっている精霊が少ない気もする。もしかしたらこのあたりの精霊は、古い精霊の姿を留《とど》めているのかもしれない。

人間の言葉は通じないけれど、隠れたいとか、体力を回復したい、みたいなシンプルな願いは聞いてくれる。だからそっと隠れながらドラゴンの観察中。感想は、でかい！　ついで、生き物なんだなーって。

島から見た、空を飛ぶドラゴンもどこかにいるはずなんで、ゆっくり探す予定。でも、俺の予測に反してドラゴン型の精霊を見かけない。

とりあえず大雑把《おおざっぱ》な地形の確認をして今日は帰るか。地図には長細い大陸の南の端が浮かび上がっている。西の海岸沿いに山脈があるみたい。東の海岸の方が近いので移動――砂漠だった。

気温が低い赤っぽい乾いた大地。さらさらした感じじゃないんだけど、さっきの岩山と同じ色の荒い土塊《つちくれ》に覆《おお》われて、カラカラに乾いている。そしてここも轟々《ごうごう》と風が吹く。土埃《つちぼこり》が服の中に入り込んでくるし、退散！

で、西側。こっちはフィヨルドですね！　絶壁の複雑な海岸線みたいなあれ。凹《くぼ》んだところどころに氷が張りついている。

剣みたいな高い尾根が続く山を挟《はさ》んで、片や氷雪！　片や砂漠！　なんというか最果てって感じ。地形が激しいよ！

最南端は、ペンギンっぽいのがいた。俺よりでっかいのがどーんと並んでる感じなんだけど、こっちに気づいて胸を反《そ》らせて一斉に威嚇《いかく》してきた。攻撃される危機感を持つべきなんだろうけど、なかなか可愛い。

◆◇◆◇◆

「と、今日はこんな感じでした」

「いや、お前、ツッコミどころしかないからな？」

レッツェが半眼で言う。

夕食時、貸家にお邪魔してギルドとレッツェたちの話がどう進んでいるかを聞き、俺は俺が今日体験したことを話した。

少し前の城塞都市の領主がやらかした事件。偽勇者《にせ》と勇者たちを召喚《しょうかん》したシュルムの間者《かんじゃ》にしてやられた領主が、なんとかしようとして娘2人——ずっと放っといた庶子《しょし》らしい——と、アッシュやレッツェたちを巻き込み、魔の森で危ない目に遭《あ》わせた。

事件は一応決着したとはいえ、まだ細かいツメとかがあるようで、みんな昼間は忙しそう。だから会えるのは朝か夜。

結構問題のある依頼も、大抵は報酬を受け取ったらすっぱり終了ってことが多いらしいんだけど、今回はギルドそのものが絡んで、かつ申し訳なく思ってるらしく、逆にバタバタしているらしい。

娘さん2人の方は、「精霊の愛子《いとしご》」「領主の血脈」ってことで、適当な貴族と結婚して領主の奥さんとして——とか要望が出てるらしいけど、本人たちは街に戻りたいらしい。

火事の惨事があったから、こっちも無理強《じ》いしたら精霊がまた怒るかも？　ってことで、最終的には本人たちの決定が優先されるだろうって。

悪い方向には行きようがなさそうなんで、胸を撫《な》でおろしたところ。ちなみに朝はアッシュのところに顔を出して、朝食を一緒に食べた。安否確認じゃないけど、なんとなく顔が見たい。

貸家に来たのも事件の細かいところが気になったというより、みんなの顔を見に来た感じ。

俺の知らないところで危ない目に遭って、会えなくなるのは嫌だ。

「そんな、今日は肉屋に肉を買いに行きました、みたいな口調で話されても、普通じゃねぇからな？」

「俺はなんかだんだん慣れてきた。それがジーンの日常だよな」

レッツェが続けると、俺の差し入れの肉を食いながらディーンが言う。

「ああ、まあ。俺も大概《たいがい》慣れてはきたが、コイツが他の奴らの前でほいほい話題に出しそうなくらい軽いのがどうも」

「過保護だねぇ」

どこかバツが悪そうなレッツェにディーン。

ご心配いただいております。ちょっと嬉《うれ》しい。

「ドラゴンはロマンだね！」

笑顔のクリス。

「お願い、慣れないで？　慣れる方がおかしいのよ？」

ハウロンが何か言ってる。


ドラゴン探索2日目。

山脈の東側のきわ、雪解け水が流れている。ほとんど止まってるみたいな、緩《ゆる》い流れだけど。少し白っちゃけた色をした草がたくさん生《は》えている。

ここにはヴェロキラプトルが大きな鱗《うろこ》で覆われたような、馬くらいの大きさのドラゴンがいた。割と小型もいることを知る。

平均5、6頭の群れで生活してるみたい。多くて15頭くらいかな？　集団で狩りをしてるのを結構見かける。これも飛ばない。

【鑑定】にはドラゴンって出るけど、恐竜っぽいよ！　恐竜もかっこいいけど違う、違うんだ。なお、ヴェロキラプトル（仮）型の地の精霊はいた。かっこいいけどコレじゃない。

冷えるんで、体の周りに空気の層を精霊に作ってもらおうとしたんだけれど、複雑な依頼ができなくってですね……。

現在、なんか透明なぽよんぽよんしたもので覆われている俺です。

頑張って色々伝えようとした結果、目的は達成して暖かいしいいんだけど、歩くと地面に触れる前にぽよんとする。あと風で飛ばされやすくなったので、重くしてもらった。このぽよん装備では、エクス棒が上手く使えないのが残念。

南北に横たわる峻険《しゅんけん》な山に登る。岩山で、上は雪と氷で白く、岩肌が見えるところはブルーグレイ、中腹あたりからくすんだ緑で覆われている。寒くて風が強いせいか、木々は地を這《は》うように生えていて、遠くからのぱっと見は草。

上に伸びず横に伸びて、松みたいな細長い葉がびっしり、絨毯《じゅうたん》みたいに山肌を覆っている。高さは俺の脛《すね》もないくらいだし、なんか不思議。思わず枝をめくってみたら、白い鳥と目が合った。

ごめんなさい。

そっと枝を戻す。一拍《いっぱく》置いて、ガサガサとすごい音を立てて、枝の下を逃げていった。悪気はなかったんです、ごめんなさい。

他にはイタチみたいなのとか、耳の短いウサギみたいなのとか。時々大怪鳥が旋回。地鳴りみたいな音がしたかと思ったら、氷みたいな雪が一山崩れてどどっと下へ。

あそこって山じゃなかったんだ。すごい迫力だなと思って見ていたら、ドラゴンと目が合った。って、これ合っちゃいけないやつ！！！

倒すのは簡単……かもしれないけど、俺がお邪魔してる身だから！　いや、魔の森とかあちこちで、魔物はこっちからお邪魔して倒してるけど！

急いで逃げる。相手は俺の探してた翼のあるドラゴンさんなんですけど、ここまでそばでお会いするのは想定外です。

【探索】すると色々丸わかりで楽しくないから、使ってないのがまずかった。

自分で蹴《け》った転げ落ちる雪の欠片《かけら》を追い越して、ダッシュ。幸い俺の方が速いし、小回りが利くので岩の割れ目に逃げ込んでセーフ。ドラゴンが覗き込んでる気配がするけど、【転移】でずるして、ドラゴンから少し離れた全体が見やすい場所へ移動。

ぽよんぽよんする何かのおかげで、俺は無臭だし、気配も消している。音を立てず、目視されなければ平気なはず。尖《とが》った岩の陰に身を隠しながら、亀裂に張りついてるドラゴンを観察。

絵に描いたようなドラゴン。雪山に似合わないオレンジ色っぽい硬そうな鱗、長い首、尻尾、鋭い爪、大きな翼。

あの巨体、あの翼で、なんで飛べるのかと不思議だったんだけど、風の精霊が憑《つ》いている。周囲の風の精霊も助けてるみたい？

人間を人間の領域で襲わないってこと以外にも、ドラゴンと風の精霊の間でお約束があるのか、もともとそういう種族なのか。

というか、精霊が憑いてたら他の精霊が遠慮するんじゃないか？　周囲の精霊がドラゴン型をとるのは、もしや稀《まれ》……？　いやでも、うちのメモ帳《ノート》も執事の姿をとってるし、頑張ればいける？

考えてたら、眺《なが》めていたドラゴンが動きを止め、顔を動かす。そして一声低く吠えたかと思うと、山裾《やますそ》に向かって滑《すべ》るように飛んでゆく。翼は動かさず、すごい速さ。

飛んでゆく方向には、最初に見つけた翼のない黒いドラゴン——の魔物。黒いだけでなく、溶けて沸騰したあとみたいに目の周りが爛《ただ》れて見える。ツノは自前なのか、魔物の印なのか正直よくわからない。

怪獣大決戦みたいなのが始まった。ドラゴンも魔物化するんだ？　冷静に考えて、熊だって人間だってするんだからするよな。

で、魔物化した同胞は倒すのか。いや、魔物になってなくても、もしかして餌《えさ》とかそういう……？

ドラゴンの生態が謎だ。ちょっと図書館で下調べしてから来ればよかったか。でももともとはドラゴン型の精霊探しだしな。

ドラゴン同士の戦いは、衝撃の相討《あいう》ち。お互いの喉笛《のどぶえ》に噛《か》みついたまま、巨体を横たえている。魔物の方のドラゴンから黒い『細かいの』がもやもやと散り、翼のあるオレンジっぽいドラゴンからは風の精霊が離れてゆく。

そしていそいそと【収納】する俺。だって、【鑑定】さんがステーキがオススメって、勧《すす》めてくるんですよ！

素材は何にできるんだろう？　って【鑑定】したら、まさかの表記。ドラゴンステーキってファンタジーじゃなかったんだ。いや、精霊のいる世界は十分ファンタジーだな。うん。

安全なところで解体して食べ比べる所存。解体場所の候補は北の大地なんだけれども、その前に寄り道。

テルミストの図書館で、ドラゴンについて調べる予定だ。どこにいるとか、時々姿を見せるドラゴンのこととか、ドラゴンを探すための本は漁《あさ》ったんだけど、素材としてのドラゴンは調べていない。

【全料理】があるので、料理のための解体は楽なはずだけど、それで料理以外に使う素材が無事かは自信がない。

図書館内で食べるってわけにもいかないから、先にご飯。テルミストでは食べたことがあるので、今回は別の島。

あんまり小さな島は、船で行く手順を踏まないと怪しすぎるので、割と大きめの島。たくさんの島の中で、遠目に緑が多そうなところを選んで【転移】。

明るいというか、日差しが強い、なんか白っぽい島。

俺の島をはじめ、タリア半島付近は頑張って岩盤を打ち抜けば真水が出るのだが、この辺の島は塩味の水なんだよね。ドラゴンの住処《すみか》から戻ってきた俺にとってはそうでもないけど、風も強め。

そのせいか、オリーブみたいに表面に白い毛が生えたような感じの緑が普通で、目に鮮《あざ》やかな緑は珍しい感じ。白い毛みたいなので、朝露とかを吸収してるっぽい。

他の村を見学して、こっちの様子を見にきました、を装う。具体的には、ちょっと離れたところに【転移】して、歩いて村に入る手順を踏む。

島の小さな村の1つ。黄色味の強い黄土色の、土と石でできた家が並ぶ。大きさの揃《そろ》わない石を土で固めたような家なんだけど、扉はオレンジっぽい茶色で、俺から見るとなかなか趣《おもむき》のある感じ。

俺の胸くらいまでの塀《へい》が長く続く。村の家の壁より、塀の方が断然面積があるくらい。風避《よ》けのためかな？　いや、石だらけの島みたいだし、石をどけるついでに積み重ねて塀ができた感じかな。

俺の島も植物が植えられる地面の確保に苦労したし。――【収納】を利用した力技で解決しちゃったけど、崩れないように島の人が石積みを作ってくれている。そのおかげで俺が土を入れたところ以外も、平らな土の土地が増えた。

この島の緑の正体は葡萄《ぶどう》だった。栽培されてるっていうより、あちこちにわさわさと自然に生えて増えました！　みたいな感じ。目の前の葡萄も塀に絡んで、わさわさしているところはトンネルみたいになってる。

そして問題発生、飯屋《めしや》がない気配。

「すみません、この村にご飯を食べさせてくれるところありますか？」

暇そうな爺《じい》さんに、銅貨1枚を取り出して見せながら聞く。

「なんだあんたは？　何しに来た？」

俺の存在に気づいた爺さん。

すぐそばに近づけば、いることは認識されるんだけどね。じゃないと踏まれたり潰《つぶ》されたり不具合が。離れるとすぐ忘れられるけど。

あれ、これ他の村からやってきた風を装うの無意味？　よく考えたら、俺は直接話さないと印象に残らないという存在でですね……。

いやでも、話した人は認識できるわけだから、その時のために手順は必要だよね？　ただ他の目撃者は出ない気がするけど。

自分の行動、何が最適なのか悩みつつ、口を開く。

「俺はあちこちの食べ物を食べ歩いて勉強してるんだ。この島の料理が食べられると嬉しいんだけど」

銅貨を握らせながらにこやかに。

「おう。物好きだな」

笑顔ではないけれど、爺さんの眉間《みけん》の皺《しわ》は消えた。

「店がないなら、この村で料理上手な方を紹介してくれると嬉しいんですが」

「料理上手っていやあ、鍛冶屋《かじや》んとこのハンナだな」

そう言って立ち上がると、さっさと歩き始める。

ついていっていいってことでいいのかな？


小さな村なんですぐそこ。

「おう、ダン！　奥さんいるかぁ？」

開いてる扉にそのまま入ってゆく爺さん。いいのかなと思いつつ、続く俺。

中は土間《どま》というか、地面そのままで、農機具っぽいものを直している男性がいた。あんまり鍛冶屋っぽくない。

「ハンナなら裏にいるぞ」

答えたあとは作業を続けたまま、爺さんの存在をスルー。俺のこともスルー。狭いので、俺がいることがわかるくらいにはそばにいるんだけど。

で、恰幅《かっぷく》のいいよく笑う奥さんに、この島の料理をご馳走《ちそう》になった。マグロを山羊《やぎ》のチーズとハーブで焼いたやつ。料理の名前は特になく、マグロ以外でも作るそうだ。

「相変わらずちょうどいい具合に作るな。うちの嫁に今度教えてやってくれ」

「嫁も働いてるだろ、暇な爺さんに教えてやるよ！」

爺さんに奥さんが荒い言葉でぽんぽんと返す。

爺さんもちゃっかり一緒に食っている。それだけ親しいんだろう。

山ほどかかっているハーブは、フェティという。島中に生えているのを適当に摘《つ》んでくるそうだ。なんかトロピカルな味と、臭《くさ》さが混じってこう……。山羊のチーズにはだいぶ慣れたんだが、きついです奥さん。

どう見ても野菜不足な感じの島だし、山盛りかけるのは栄養を補うためだとは思うんだけど。食べ慣れたら癖になる……かも、しれない。

うん。笑顔を保つのが大変でした！

お礼に小銀貨を渡して終りょ……。

「ちょっと待ってな！」

恰幅のいい奥さんが男らしく告げて、俺のそばから離れる。

——葡萄の葉っぱに、さっきの料理を2、３人分包んでくれました。

お土産を手に持ったまま精霊図書館の入り口、寺院へ。【収納】にしまったが最後、絶対出さない気がする。

「いらしたか。――ここでは金貨より水がありがたい」

水瓶を出すと、寺院の番人たる老人がゆっくりと頭を下げ、礼を言ってくる。

お互い秘密を持つ身だし、面倒なので【収納】は早々にばらした。水を1人で運んでくるのはかさばって大変で。

真水はもちろん飲料水として大事なのだが、ルゥーディルに捧《ささ》げる他、多くの精霊たちが好むものでもある。

「コレもよかったら」

そして押しつける郷土料理。

「なんですかな？」

「ハーブで包まれた焼き魚？」

老人が包みを開くと、なんとも言えない香ばしい匂い。それを追って、なんとも言えない微《かす》かな臭《にお》いが混ざる。

「おお、ナルスの……。久しぶりにいただきます」

嬉しそうに笑うお爺さん。

「喜んでもらえたならよかった」

まさかの好評に驚きつつ、顔には出さずに答える。
癖の強い伝統料理って、美味《おい》しいわけじゃないけど懐《なつ》かしくってたまに食べたくなるとか、そんな感じだろうか。それとも本当に慣れれば美味しいのだろうか。どちらにしても俺が持て余していたものを喜んでくれて、双方よかったよかった。

精霊図書館の中は、相変わらず圧倒される本の量。静まり返った空間に、時々微かな弦《げん》の音。膨大な紙が音を吸ってしまうってこともあるけど、ここは音を持たない精霊が多いんだ。もしくはさっきみたいにとても微かな音だけ。弦だったり鈴だったり、虫の音だったりするけど。

ちなみに別の区画が設けられて、お喋《しゃべ》りな本はそっちにまとめて収められている。そこはわいわいがちゃがちゃとうるさい。それだけでなく膨《ふく》らんでみたり細ってみたり、ものによっては火を吹いたりと落ち着きがない。

「ドラゴンに関する文献の中で、人に崇《あが》められたり恐れられたりする対象が書かれたものを。あと、ドラゴンの素材についてをお願いします」

「……」

図書館の精霊に頼むと、無言でカンテラを掲げ、先導を始める。最初に会った少年姿の精霊と一緒だけど一緒じゃない。

俺のメモ帳《ノート》の精霊と同じく、増えるタイプの精霊。ただ、最初に会った少年以外は喋らないし、表情も全く変わらない影のような感じ。ちょっと透けてるかな？　特に足元。……幽霊っぽいぞ。

ついていった先、書架にあるドラゴンに関する本は膨大。ロマンか？　ロマンなんだな？　太古から存在するせいもあるだろうけど。

素材を調べると欲しくなっちゃいそうだし、先にドラゴンと人間の関わりが書かれてそうな本をぼ。なんかカーンが、ドラゴンに仕える一族だか、信奉する民族だかなんだかがいるって言ってたのを思い出して、念のため。

ドラゴンかっこいいぜ！　ドラゴン、ドラゴン！　みたいな一族だろうか？　楽しそうだけど、ドラゴン食べたなお前！！！　みたいに襲いかかられたら困る。襲いかかられるのもあれだけど、泣かれたらもっとやだし。調べておくに越したことはない。

10冊ほど個室に持ち込んで読書。学術書っぽい構成のものもあるけど、書いてあるのがドラゴンだと面白い。

4冊目で発見。

……大昔、ドラゴンの聖獣がいたようだ。いや、今でもいるのかな？　特に風の精霊の時代に、4匹もいたっぽいぞ？　ちょっとベタに年一で生贄《いけにえ》捧げる一族もいるって、どうなの？

ここに来てファンタジーの気配が押し寄せてきている。まあ、精霊だけでも十分ファンタジーだけれども。

聖獣は、精霊が動物とかに憑いたもの。魔物は黒精霊が動物とかに憑いたもの。人間を積極的に襲うかどうかの違いくらいしかない。普通の精霊が人間に親切かというと、違うけどね。精霊側からいったら、普通の状態とそうでない状態。痛くて大変で腹を立ててるのが黒精霊や魔物で、そうなった原因の大体が人間なんで、積極的に襲ってくるのは仕方がないんじゃないかな。

魔物を倒して『黒い細かいの』を浴びると、浴びた人間も影響を受けて凶暴化したり人を恨《うら》んだり。精霊が憑いてる人間は強くなることが多いけど、『細かいの』は普通のものも黒いのも、じわりと染《し》みて同化する。

——本を読むと、聖獣を倒して『細かいの』を浴びることで、勇気を出す集団も一定数いるらしいぞ？　ドラゴンスレイヤーさん、ドラゴンスレイヤーさんですね？

普通に神として信仰してる一族もいるし、肉を食うことで同化を望む一族もいる。と、いうことで色々なタイプがいすぎて、ドラゴンを食べていいのか謎すぎる。

カーンが交易する予定の人たちの付近はどうだろ？　広く浅くな知識は入れたから、ご当地限定な知識を探そう。

部屋を出て、新しい本を持ってくる。読み終えた本は、机の上に置いておけばいつの間にか消えて、棚に戻っているんだけど、持ち出したのは俺なんでちゃんと自分で戻す。

その方がどこにどんな本があるかを覚えられるし、読んだ本の周辺には当然ながら関連する本がある。題名に惹《ひ》かれて手にした本が当たりだったりする。それもまた楽しい。

コーヒーを淹《い》れて、本のページをめくる。

——いろんなタイプがいると言ったな？　あれは嘘《うそ》だ。ドラゴンの大陸は、気候が変わりすぎて人の住める場所が極端に減ってました。いろんなタイプがいたのは過去の話。

本に記載されているいろんな民族たちがいた頃は、今とは比べものにならないほど緑豊かだったみたいだ。火の精霊の時代とはいえ、緑がないわけではなく、焼畑《やきはた》とかそっち方面でも恩恵があったという記載も見つけた。

火の精霊の時代も終わり頃になると荒れて、ドラゴンが住む大陸は、人が住むにはきつい環境に変わったようだ。そして風の精霊の時代は竜が繁栄しまくったようだけど、人は中原の方に移動したらしい。

ドラゴンの大陸では、魔物化した竜と聖獣の竜との戦いもあったみたいで、今大陸に残っている人間は、根性があった一握りの一族。

今は眠りについてるっていう伝説の聖獣――当然ドラゴン――を守りつつ、普通のドラゴンに敬意を払いながらも、素材として色々利用している一族のようだ。

よし、食べるのも素材加工もセーフっぽい！　あ、ダメ押しでカーンに聞いとこうか。

◆◇◆◇◆

「そういうわけで、どうです？」

食べていい？

「……」

無言のカーン。膝《ひざ》に肘《ひじ》を載《の》せ、組んだ指に額を載せている。

「……」

ハウロンは机に突っ伏している！

カヌムの貸家、1階の居間にいる2人。ハウロンの【転移】で移動しているのだろう、2人は大体一緒にいる。

レッツェたちはまだお仕事中。酒で済ますカーンと違い、ここに住む独り者はそもそも屋台での外食が多いんだよね。その方が薪《まき》の節約にもなるし、売ってる食材は日本ほど便利に加工されてないし、結構料理って手間がかかるからね。

「事前に確認に来たのは、評価する……」

顔を上げないまま言うカーン。

「捕まえる前に確認……。いえ、ドラゴンを見に行くとは言っていたわね……」

なんか呻《うめ》いているハウロン。

本気にしてなかったわけじゃないのよ……、でも、とか聞こえてくる。

で、食べていいの？

「やあ、ジーン！　来ていたのかい」

「おう、ちと荷物置いてくる」

「お帰り」

クリスとレッツェが帰ってきた。

レッツェは顔だけ覗かせて、階段を上がってゆき、クリスは身軽らしく、そのまま俺たちのいる居間へ。

そして、あからさまにホッとした顔のハウロンを目撃。大賢者、それでいいの？

「あ、ジーン！」

「うん？」

クリスが俺に何か伝えたいことがありそう。なんだろう？

「エリチカの熱かぶれ、無事収まったそうだよ！」

クリスがキラキラしながら腕を広げて発表。

「おお、よかった」

バタバタして忘れ気味だったけど、クリスたちが一時避難したエリチカでは少し前に熱かぶれが流行《はや》ってたんだった。

収まったのなら、ハウロンに袋いっぱいのダンゴムシと間違えられながら、隠れ赤トカゲを捕まえた甲斐《かい》があった。

「夕飯は？」

いそいそとスパークリングの白を出す。お祝い、お祝い。

「食べたけど、ジーンの料理ならまだ入るとも！」

クリスが嬉しそうに笑って席に着く。

それを合図に机に料理を並べる。鴨《かも》のロースト、タラバガニっぽい蟹《かに》——ヤドカリ？——のバター焼き、クリームチーズをスモークサーモンで巻いたもの、ミニトマトとアボカドの柚子《ゆず》胡椒《こしょう》マリネ、薄切りバゲットにディップ各種。

「相変わらず美味しそうだね。それに美しい」

クリスが褒《ほ》めてくれるが、綺麗《きれい》なのは彩りだろう。

こっちの料理の印象は薄茶とか茶色とかだし。野菜は色が変わるまで煮込みまくるし。

「なんだ、結局宴会か」

下りてきたレッツェがそう言いながら席に着く。

「温度差、温度差が酷《ひど》くない？」

ハウロンが微妙な顔でのそのそと机のそばの椅子に移動。カーンも暖炉の方を向いていた体をこちらに向けた。

「酷くない、酷くない」

背が高くて細長いシャンパンフルートグラスに冷えた酒を注ぐ。薄い金色に炭酸の気泡が弾《はじ》けて綺麗だ。

「エリチカの熱かぶれ収束を祝って」

グラスが行き渡ったところで、自分の分を顔まで掲げて乾杯。

「乾杯！」

「ああ、なるほど。乾杯」

クリスとレッツェ。

「……乾杯」

「……乾杯」

喜ばしいけど何か納得いかないみたいな、微妙なテンションのカーンとハウロン。

「バターがいい匂いだな？　海老《えび》ではない何かだってことしかわからねぇが」

「蟹です蟹」

タラバはヤドカリだけど便宜上。

「川の蟹は魔物化してもそう大きなものは出ないものね。北の大地の一部にはいるけれど」

ハウロンが言う。

北の大地に行くなら、その手前に海があると思います。わざわざ川じゃなくてもいい。

俺が料理した蟹は、【鑑定】にはタラバの仲間って出る。タラバよりも弾力があって、身がプリプリして焼くと風味が増して美味しい。大ぶりな蟹で、太い足はティナの腕くらいある。

その太い足にバターを落として、出来上がりはちょっとヘラで強めに押さえて焼いた。表面のオレンジ寄りの赤が割れて、繊維のような白い身が覗いている。口に入れると少し香ばしいような匂いが広がり、バターがあとを追ってくる。

「はー。このサーモンも美味しいし、蟹も美味しい。夕食を食べたあとでも別腹だよ」

机にグラスを戻して言うクリス。

クリスはカヌムのずっと西、大陸を越えたところにある、海に囲まれた島の生まれだそうだ。

海の食材は懐かしくて嬉しいもので、好物も多いみたい。

「こっちのジーン推《お》しの野菜の酢漬けも美味《うま》いぞ」

レッツェが食べているのはマリネ。

濃い緑と薄い緑のキュウリとアボカド、黄色と赤のミニトマト、モッツァレラチーズで彩りよく、柚子胡椒を加えてピリッとしつつあっさりのマリネ。

「珍しいお酒に透明度の高いガラス、珍しい食材。ええ、珍しい食材……」

机に突っ伏すハウロン。

「おいどうした？　ジーン、何を話した？」

レッツェ、なんで俺が何か話したって思うんだ？　まあ話したけど。

「拾ってきた肉を、食っていいかどうかのジャッジをお願いしてるんだ」

「拾い食いはやめとけ、病気持ちかもしれんぞ。って、絶対それだけじゃないだろう？　――何の肉だ？」

追及してくるレッツェ。

「2匹が喧嘩《けんか》してて相討ちになったとこ見届けたやつだから、病気は平気」

拾ったのは確かだけど、拾い食いって言われると微妙です！

「ああ、そりゃラッキーだったな」

はい、漁夫《ぎょふ》の利です。

「うん。あと【鑑定】できるんで、ソーセージの腹壊すやつとかも見分けられるぞ」

牡蠣《かき》にノロウィルスがいるかどうかもわかる優れもの。

「……【鑑定】」

カーンが呟《つぶや》いて眉毛をピクッと。

「で？　何の肉だ？」

レッツェが聞いてくる。

「ドラゴン」

外側が黒っぽいのと、この茹《ゆ》で上がった蟹みたいな色のです。

「うん？　何の肉だって？」

「ドラゴン」

聞き返してきたレッツェにもう一度答える俺。

「ドラゴン」

「……」

レッツェが額に手を当てて黙った。

「ジーン、ドラゴンって南の大陸のあれかい？」

「うん。そのドラゴン」

クリスがおっかなびっくり尋《たず》ねてくるのに答える。

「――ドラゴンを見に行くとは聞いたが、拾ってくるとは聞いてねぇ。というか、なんで食う話に？」

深いため息を吐《つ》いてから、レッツェが俺を見る。

「【鑑定】が美味しいって言ってきたし、ドラゴンステーキ憧《あこが》れるだろ？」

「考えたこともないよ！」

びっくり顔のクリス、相変わらずオーバー。

「ドラゴンを食うってどこから思いついて――ちょっと、アナタの【鑑定】おかしくない？」

どう思いついたのか聞こうとしたハウロンが、俺の【鑑定】が原因だと定めた様子。

でも残念、確かに俺の【鑑定】は食べ物寄りの結果を詳細に出してくるが、【鑑定】がなくともドラゴンステーキを夢に見ると思う。

「ドラゴンの心臓の血を浴びると、鎧《よろい》いらずの体になる英雄譚《たん》なら聞いたことがあるよ！」

クリスがいつもより目をキラキラさせて言う。

俺もそれ聞いたことがある。葉っぱが張りついてて血を浴びなかったとこが弱点なんでしょ？

ジークフリートさんって言うんですけど。

「……ドラゴンを食う習慣は、俺が人として過ごしていた時代でも、すでに伝承の中にしか存在せん」

カーンが言うと重々しいな？

「一応食った奴はいたのか……」

スライスされた鴨のローストを、フォークで食べやすいよう折りたたみながらレッツェ。視線は鴨だけど、何か別のことを考えている気配。

「ドラゴンが聖獣として存在していた期間が長いと、人間側にも遠慮が出る。俺のいた火の時代はそのあとだが、ドラゴンたちの守護精霊たる風の精霊が力を増し始めていた。人との力量差も広がったであろうし、何より飛行する種が増えて厄介《やっかい》になった」

カーンは炭酸が苦手なようなので赤ワインに切り替え。

火の時代の前って、巨石の精霊の時代だっけ？　土地によって違ったりもするんで、ドラゴンの大陸がはっきりそれかどうかわからないんだけど。エスなんか、川の周囲はずっとエスの時代から変わってないし。

「昔のドラゴンは見たことがないけれど。――飛ぶ種は特に、風の精霊の助力が大きいわ。空と地、飛べないから人間が不利なだけじゃなくって、多くが純粋に強いのよ」

ハウロンが眉をひそめる。

何かドラゴンに嫌な思い出がありそうだな、ハウロン。

「ドラゴンを奉《ほう》じる民の地に、今でも聖獣が眠るという伝承があったが……」

遠い目をするカーン。カーンの言う「今」って、人だった頃の話なんだろうな。

「主《あるじ》たる精霊の交代によって、大地はだいぶ様変わりを。ドラゴンを奉じる民自体が数を減らし、その姿を見つけることは難しくなりました」

ハウロン、カーンに向けて話す時だけオネェをお休み。

「ドラゴンの聖獣がどこかに眠ってるかもしれないなんて、ロマンだね……」

うっとりした顔でグラスを傾けるクリス。

ほろ酔いし始めると、顎《あご》精霊が顎の割れ目をぐりぐりぐいぐいするんだよね。なんでかと思ってたら、ディーンの匂いフェチ精霊に対抗してだった。いや、真似《まね》かな？ 匂いフェチの方は、お酒を飲んで温まるとディーンが汗ばむからだよね。

「今と昔じゃ、だいぶ違うんだ？ で、天気がよければ明日解体しようと思うんだけど食べていいですか？

「……」

「……」

「……」

「害がなけりゃいいだろ。すでに獲《と》られて食えるなら、鴨だろうがドラゴンだろうが肉は肉だ」

鴨を食べながらレッツェ。

「ちょっと思い切りがよすぎない⁉」

「よし！　ドラゴンステーキ！」

ハウロンが悲鳴を上げる横でガッツポーズをする俺。

「私には思い及ばなかったけど、ジーンがそんなに食べたがるってことは美味しいんだろうね……。嬉しそうなのが移って食べたくなるよ！」

ドラゴンに違う憧れを持っていたクリスが、食べる方に改宗！

「ええ……っ」

狼狽《うろた》えるハウロン。

「数の暴力多数決！　無事解体できたら、明日はドラゴンステーキです！」

肉だし、リシュも喜ぶかな？

「もしや食う面子《めんつ》に全員が入っているのか……？」

カーンがどこか呆然《ぼうぜん》として言葉を漏《も》らす。

「部位の希望も聞けます」

ロースですか、ヒレですか？　部位によってどんな味の差があるか不明だし、脂《あぶら》があるのはロースだって限らないけど。

「……」

眉間を押さえて黙り込むカーン。

「いや、お前。それ普通の人間が食って平気なのか？　風の精霊の影響がバカ強い肉ってことなんだろ？」

レッツェが口に持っていきかけたグラスを止めて聞いてくる。

「え？」

あれ？

「え、じゃねぇ。食っていいとは言ったが、自分が食うとは言ってねぇ。ジーンの【鑑定】が美味いってんなら美味いんだろうが、どう考えても普通の人間には過ぎたもんだろう。ディノッソの旦那《だんな》か、そこの2人くらいでないとダメなんじゃねぇの？」

「えー？」

みんなで食べたいのに。

「ちょっと！　そういうことならレッツェこそぜひ食べて、強くなってジーンについてて！」

「ドラゴンの心臓の血を浴びるのだよ！」

ハウロンとクリス。

クリスは食べるより、やっぱり血溜まりロマン派なのか。

ぎゃあぎゃあと捲《まく》し立てるハウロンとクリスを、ちょっと面倒そうにいなすレッツェ。

「ただいまさん！　騒がしいと思ったら、宴会か。混ざっていい？」

ワイワイやってるところにディーンが帰ってきた。

「お帰り〜」

混ざっていいかの返事の代わりに、空いた席の前にディーンの分のジョッキを出す。ワインでもなんでもジョッキの男、ディーン。

「明日、天気がよければ夜はドラゴン肉だけど、食う？」

「食う！」

駆けつけ1杯、ディーンがぐっとやったところに聞いたら、いい返事。

「ん？　――ドラゴン？」

ジョッキを傾けて口につけたままディーン。

「ドラゴン肉か〜。さすがに食ったことねぇな」

事情を一通り聞いたあと、ディーンが言う。

「どこの部位がいい？」

「やっぱ肩より少し下がった背かな？　いや、飛ぶタイプなら腿《もも》？」

「ロースか腿か」

ディーンは食うことに前向きなようで、希望部位も答えが返ってきた。

「ディーンが言うとドラゴンの部位だけれど、ジーンが言うと肉の部位に聞こえるね！　すごいよ！」

クリスが感嘆した顔で俺たち2人を見ている。

「受け入れる柔軟性……これが若さなのかしら……」

ハウロンが微妙に諦《あきら》めたような、情けないような声を絞り出す。

「いや、俺はディーンと同じ年のはずなんだがな……」

レッツェがハウロンを見ないまま小声でツッ込む。

こっちの世界は、俺の知ってる日本人の外見年齢より5歳くらい老《ふ》けて見えるんだけど、精霊が憑いていると大抵若く見える。だから俺にはディーンが年相応に見えるんだけどね。代わりにレッツェは年齢より上に見える。

精霊が憑いていると健康状態がよくなるからじゃないかなって思ってる。――まあ、憑いた精霊の種類によっては、急に赤ん坊が大人になるなんてこともあるから、そのパターンが多いってだけだけど。

「はぁーー。食うなら、少なくとも神殿で黒精霊の方は抜いてもらえよ。自分でできるならそれでもいいが」

レッツェが深いため息を吐いて言う。

そういえば、冒険者も住人も定期的に神殿に行くし、食材を含む素材も、強い魔物から手に入れたものは黒精霊の残滓《ざんし》を落とすため神殿に持ってゆく。残滓は『細かいの』からもっと大きいものまで様々なんだって。時々、神殿に行くのを怠《おこた》って食べた人が、黒精霊に乗っ取られることもあるみたい。

「強い魔物は黒精霊も強いし、同化が進んでいると死んだあとも黒精霊が抜けづらいわ。ドラゴンは強い。乗っ取った黒精霊も強い。精霊が憑いてる者たちならば、多少は黒精霊を弾くでしょうけれど」

ハウロンが説明してくれる。

「なるほど！　じゃあ、黒精霊を抜いたら、食べ比べがみんなでできる？」

「……」

ハウロンが両手で顔を覆って上体を斜めにして倒れ、隣に座るレッツェの肩で止まった。

「なんで？　なんでそんなにドラゴンを食べたいの？　それに食べさせたいの？」

ううう、と、わざとらしく泣く声。

「珍しいものはみんなで食べたいじゃないか？」

感想言い合いたいよね？

「その珍しいものは、食べるにも色々選択肢があるんだが……。大賢者様はちょっと落ち着け」

レッツェがハウロンを縦にする。

「ディーンが乗るのなら、私も乗るよ！　美味しいという話だしね！」

片手を胸に当て、片手を伸ばしてきらきらとクリス。

「おう！　美味い肉は大勢で食わなきゃな！」

景気のいいディーン。

「大魔道師ハウロンも知らねぇドラゴンの肉だ、食ったら自慢になるぜ！　人にゃ言えねぇだろうが、自分の中でな！」

ジョッキで飲んでいるディーンは、あとから来て一番先に酔っ払っている。

飲んでいる量も多いけど、もともとすぐに陽気になって、その状態が長い。酔い潰れるまでかかるので、酒に弱いとも言えない。

「……っ！　食べるわよ！　そうよ、これは未知のものを知る喜びよ……っ！」

両手で顔を覆ったまま叫ぶハウロン。もしかして、本当に泣いている？

ハウロンが叫びを上げたせいか、口を出さずに飲んでいたカーンの手が止まり、片眉が上がる。

「本気か？」

杯《さかずき》に阻《はば》まれてくぐもった、カーンの小さな声が漏れた。

「おい、やけを起こすなよ」

「レッツェも解体には立ち会うだろ？」

あーああ、みたいな顔をしてハウロンを見るレッツェに聞く。

「──解体の方は興味があるな。ただ、黒精霊の影響が出るだろうから、俺はどう考えても邪魔になるんで遠慮する」

なるほど、それで最初から線引きしてたんだ？

「精霊の方が受け入れる側の器《うつわ》や魔力を超えると、あまりいいことはないわ。精霊の性質に引っ張られるの。例えば灼熱《しゃくねつ》の精霊の影響を受けて、熱への耐性なしに焼けた鉄を掴《つか》んでみたくなったり、風の精霊の影響を受けて、飛ぶこともできないのに崖《がけ》から飛んでみたくなったり。耐性や能力をセットで手に入れるはずのものが、片方だけになっちゃうのよ」

「わかってんなら俺に勧めるなよ」

半眼でハウロンを見るレッツェ。

そういえば、さっきレッツェにドラゴン肉勧めてたね。

「ジーンの話と、過去の記録を鑑《かんが》みるに、ドラゴンの肉は身体強化の影響が強く出るみたいじゃない」

ハウロンが返す。

「黒精霊抜く、精霊も抜く、抜いてから作業しよう！　ドラゴンの解体の仕方を何種類か写してきたんだけど、どれがいいと思う？」

レッツェの前に解体図を出す。

食材としてのドラゴンの本から、武器や防具になる素材の本から、薬になる素材の本から、それぞれ解体図を写してきた。

「へぇ、やっぱりドラゴンといっても飛ぶのと飛ばねぇのがいるんだな。飛ばねぇのはワームみたいなやつだと思ってたんだが、この図の中じゃ色々いるな」

ワインの杯と料理を自分の前から避けて、図を見始めるレッツェ。

「今回のは、これとこれに形が近いかな？」

「ああ、2体だったな」

「うん。魔物の方が飛べない方で、こっち」

「図じゃよくわかんねぇが、骨格が近いなら内臓の位置も他の動物と大体一緒かもな。内臓を潰したり、血抜きを失敗したりすると食えなくなる。代わりに薬にするためにワザと肉に血を残す方法もあるみたいだな」

図を次々に見ながらレッツェが言う。

「食うための肉の確保を優先するんだろ？　次の優先順位はなんだ？」

「武器と防具は装備するには目立つから、いざという時のために薬？　ディーンたちがドラゴン装備を欲しいならそっち優先でもいいけど」

そう伝えると、レッツェが図の中から何枚か抜き出す。

「伝説のドラゴン装備……」

「過去、勇者が使った装備だね。残ってるのはいくつあるんだい？」

ディーンとクリスが言い合う。

「レッツェ……。アナタもそっち側なのね……」

ハウロンが切なそうに呟く。


解体計画を立てた翌日の朝。カヌムの俺の家に人が集まる。

「お招きありがとう」

にこやか……ではないけど、少しそわそわしている気配のアッシュと挨拶《あいさつ》。

後ろで執事は遠い目。

夕べ相談した面子に、ディノッソ、シヴァ、執事、アッシュ。本日、子供たちは子供同士の付き合いでお休み。

ティナたちは冒険者に進む方向なんで、割と時間の自由があるけど、この世界の子供たちは物心ついた時にはすでに働き手。忙しい時間帯だけとか、少なめに振られた仕事が終わるまでとか、さすがに緩い働き方だけど、まる1日自由にできる日というのは珍しい。

友達が今日、その1日お休みな日だそうで、1日遊び倒すそうだ。珍しいものより、美味しいものより、友達と遊ぶ方を取るってなんかいいよな。

ディノッソかシヴァがそばにいないのはちょっと心配だけど、カヌムの街からは出ないそうなんで、大丈夫だろう。街に施した仕掛けのおかげで、少なくとも俺が駆けつける時間くらいはあるはず。

「大人数だな？　獲物を解体して、肉パーティーだって聞いたが……」

ディノッソと、その隣で微笑むシヴァ。

ディノッソの視線が笑顔のディーン、クリスの顔を通りすぎ、ハウロンで止まる。

「捕獲《ほかく》されたのね……」

ハウロンがゆっくり顔を逸《そ》らす。

「って、おい！　言い方！　不穏なんだけど!?」

「ふふ、今日は北の大地だって聞いたから、暖かい格好をしてきたけれど、解体作業には動きづらいかしら？　着替えも持ってきたから汚れても大丈夫だけれど」

そう言うシヴァは、珍しくズボン。

手には荷物の入った大きめの袋を抱えているけど、軽そうなんでそれが着替えなのだろう。

「え？　北の大地⁉」

今度は隣のシヴァを見るディノッツォ。

「お誘いありがとう、ジーン」

微笑むシヴァ。

ディノッツォを誘う前に、シヴァにはちゃんと説明してある。確実に汚れるから、準備をしないと大変だろうしね。

「よし、じゃあ出発～」

「え、ちょ……っ！　寒ッ！」

【転移】でさくっと北の大地へ。

「気温が低いのは肉の解体にちょうどいいかなって」

砂漠は広いけど暑いから避けた。

「おおお？　広い！　あの黒いのは海か？」

ディーンが崖の端に立って、遠く見える黒い海にはしゃいでいる。

「黒山《こくざん》をここまでそばで見るのは初めてだよ……！」

クリスは迫ってくるような黒山の威容に感激中。

「爽快な眺めだな」

アッシュも崖の縁《ふち》派。

アッシュの1つに結んだ髪が風に靡《なび》いて、ちょっとドキドキする俺がいる。クリスとディーンは重いから平気だろうけど、飛ばされない？　大丈夫？

「……」

レッツェは黙って周囲を眺め、地面を観察し、難しい顔してる。

黒山が近くに見える、海に近い谷の上。北の大地も黒山も端っこはたぶんフィヨルドなんだよね。入り組んだ谷がいっぱいあって、それは海から少し遠いところにもある。昔はこのあたりも氷だったのかな？

「とりあえず変なものが来たら教えてくれるように頼んでおくから、警戒とかは大丈夫です」

「何に頼むかは聞かないでおくわ……。さすがにわかるようになったたし」

ハウロンは朝からぐったりしている。低血圧かな？

料理と暖を取るために薪はたくさん持ってきた。ドラゴンの大きさを考えて、邪魔にならないかなってところに【収納】から出して積んでおく。

その隣にオオトカゲのシートを敷いて、休憩スペースを用意——

「血抜きしたあとでもある程度血は流れる。低いとこはやめとけ」

レッツェに声をかけられて慌《あわ》てて移動。ディーンとクリスが崖の端から眺めてたから、なんとなく端に持ってきたけど、確かに他よりちょっと低い。

風があるので、シートの端は楔《くさび》でしっかり留め、上にテーブルと椅子。板を敷いて、上におっきな火台と鉄板を設置。

アッシュとシヴァは俺の手伝い。

ディノッソ、ディーンとクリスは石を積んで風避けを作ってくれている。

「……」

執事は焚《た》き火の用意。

「……」

カーンは俺のあげた温かローブにくるまっている！　王様は働かない！　寒いもんね。大丈夫かな？

3人の作ってくれた石積みと、タープの風上側を低く斜めに設置した風避けとで、居心地はまあまあ。海と黒山ちゃんが見える景色もばっちりな休憩スペースを作り終えたところで、本題。

「最初に谷に吊り下げて血抜きして、そのあと本格的に解体予定。解体の方法はレッツェとハウロンに聞きながらってことで」

あのあと、結局ハウロンも混じって、俺の写してきた解体方法とドラゴンの構造を睨めっこしながら、ああじゃないこうじゃないをやった。

「初めてのこったし、開けてみなきゃわかんねぇことも多いけどな」

「個体によって随分違うらしいから仕方ないわね。——でもこの谷、不穏な感じに深いんだけれども。もしかしてアタシ、大きさの予想を間違えていたかしら……」

知識を必要とされてハウロンがちょっと復活したかと思ったら、すぐに引いた顔。

「いや、待って？　もしかしなくても俺が思ってた肉の解体と違う？　俺の想像ふわっとしすぎ？」

ディノッソが1人落ち着かない。

「大丈夫、大丈夫。美味しいみたいだから」

「美味しい以外に絶対なんか問題あるよね!?」

「あなた、落ち着いて？」

俺に迫ってくるディノッソにシヴァが声をかける。

「……って、なんでそんなゴツい刃物並べてるの!?」

ディノッソが振り返ると、オオトカゲのシートに荷物を広げて、包丁と言うには大きすぎる刃物を丁寧《ていねい》に布をほどいて並べている笑顔のシヴァ。

「精霊剣の方がいいかも？」

そう言いながら、谷の向かいの崖に引っかかるように真っ直ぐな丸太を架ける。丸太の真ん中には鎖《くさり》を結びつけてあって、その鎖の端は俺の足元。

「とりあえず上をここで結んで、下に落とそうと思う。危ないんで下がって——じゃ、出すな。今回は黒いので」

赤いのは時間があったら。

「ちょ……！」

「……大きいわね」

呆然《ぼうぜん》としているディノッソとハウロン。

「おお‼　さすがドラゴン！」

「やっぱりこれまで会ったどんな魔物よりも大きいねぇ！」

崖の端であちこち眺めていたディーンとクリスが、こっちに早足で寄ってきて目をキラキラさせている。

「でけぇ、現物を目にすると想像力の限界を感じるな」

レッツェがしげしげと眺める。

「……これより小さな種の方が多いはずだ」

カーンが納得いかない顔をして言う。

ハウロンは隣で頭を抱えている。

「……」

ぷるぷるしているディノッソ。

「実際に見たことがある者と、物語で焦《こ》がれた者の、イメージの差か」

レッツェがきゃっきゃとしているディーンたちと、カーンたちを比べて言う。

「……肉の解体って、ドラゴンのかあああああああああっ！！！」

ディノッソの叫びが、風に乗って海に消えてゆく。

「おかしい、おかしいよね？　解体込みの焼肉パーティーって言われて、これはおかしいよね？」

落ち着かないディノッソ。

「黒精霊抜きをとりあえず」

昨日の晩、白色雁《しろいろがん》で練習してきました。

「スルー!?」

ディノッソが何か言ってるけど、俺は手順を反芻《はんすう》するので忙しい。

でかいけど手順は白色雁と同じはず。黒い『細かいの』がぞわぞわとドラゴンの体から抜けて、俺の方に寄ってくる。正しいやり方かどうかわからないけど、抜けることは抜ける。

「……ちょっと」

ハウロンの引いた声。

よし、確実に間違ってる！

「反応に困りますな」

呟く執事。

「よくわかんねぇけど、気のせいか力技、力技で抜いてない!?」

ディノッソは混乱している。

「……細かすぎて意思なき精霊に、意識的に何かをさせるのは困難なのよ。……困難なはずなのよ」

ハウロンが小声で呟き続けている。

「美しいが、同時に禍々《まがまが》しい。ジーン、不調はないのか？」

アッシュの眉間の皺が深くなってる気配がする。

「まったく平気」

ドラゴンの肉体に留まっていた黒い『細かいの』に名付けて、イメージを与えてまとまるようにした。

『細かいの』は精霊の一番小さいの。すぐ生まれてすぐ消えるけど、条件がよければ、消えずに集まって小さな精霊になる。精霊の力の残滓というか、ちぎれたものでもあるし、生命が生まれたり活動する時に生まれるものでもある。いや、生命に限らず、だな。風が吹いても生まれる。

意思もなく、【収納】に入れられるくらい細かいけれど、これだけ集まればそれなりの大きさの精霊が生まれる。

当然ブラックドラゴンくんの姿ですよ！　ふははははは！　みんなには玉に見えてるかもだけど！

「今、精霊が産まれなかった？　いえ、気のせいよね？」

まだ解体を始めてないのにぐったりしてるハウロン。

「ジーン様のそばに見えますな……」

「確認を言葉にするのやめて……」

執事に向かって力なく言うハウロン。

「結果的に俺の動かせる精霊も不穏になるのだが……」

カーンが困惑している。

「何をしてんだ？」

「精霊関係なのだよね？」

「範囲外ですのでハウロン殿に説明を頼んでください。私は全力で見ないふりをいたします」

見えない組のディーンとクリスが執事に小声で説明を受けている。

小声なのと風で上手く聞こえないけど。

あ、今度はハウロンに確認してる。二重確認はミスを減らすけど、聞いた人がそばにいる場合、同じことを別な人に聞くのは心証《しんしょう》悪くない？

「アタシに聞かないで！」

ほら、怒られた。

でも結局説明するのがハウロン。大賢者、わからないままにしておけない。

「お。よし、抜け切った！」

ドラゴンの体に精霊の気配なーし！

実際のところはちょっとだけあるけど、普通の豚《ぶた》くんとかの肉にもある程度。要するに自然な量だ。

「って、どこ縛ればいい感じに吊るせると思う？　やっぱり足？　尻尾は滑りそうなんだけど」

猪《いのしし》とか熊とかと違って、立派なぶっとい尻尾がこう、どうしたら？

「足を絡めて尻尾を縛るしかねぇんじゃねぇ？」

ディーン。

「そんなに長い縄、持ってきてない」

縄と鎖を用意したんだけど、ひと巻きじゃ重さで切れそうだし、長さが足りない。

「血も精霊を抜くみたいにはいかないのかい？」

クリス。

「あ。できる、できる」

巨木から水分を吸い取った方法でいこう。

あれは吸ったそばから大気中に水分を飛ばしちゃったけど、今回は集める方向で。それに量も量だし。

「血抜きのために頭を落とすけど、どの辺切ればいい？」

「この巨体、どうやって切るんだよ」

ディーンがドラゴンの首を見て言う。

全体的にずんぐりしてるので、首がぶっといし、頭もでかい。蛇《へび》とかトカゲの鱗と、カメの甲羅《こうら》は同じもの。このドラゴンも鱗じゃなくって、装甲のような硬いパーツで覆われている。

「ジーンが持ってきた資料によると、この膨らんでるところは火袋《ひぶくろ》。ここは避けて、その上だろうな」

レッツェがドラゴンの喉を触って確認。

火袋って言ってるけど、ドラゴンの種類によっては毒袋だったりもする。ないのもいるけど。

「よし」

周囲の精霊に頼んで、準備完了。久しぶりに『斬全剣《ざんぜんけん》』の出番。

「てい！」

【収納】から出して、そのまま鞘《さや》を払いスパッと斬《き》り落とす。

ドラゴンの首から流れる血は、重力に逆らって地面には落ちず、風船が膨らむみたいに丸くなる。よしよし、予定通り。

水と同じように【収納】しつつ、巨木の水分を抜いた時の手順を精霊に頼む。巨木を乾燥させるのを手伝ってくれた精霊や、湖に入る時に手伝ってくれた精霊も周囲にいる。名前をつけてるから、俺が近くに来たのがわかって集まってきてるんだな。

あ、しまった。アウロに気配を感じさせない方法をハウロンに聞こうと思ってたんだった。

完全に忘れてた。

「専用の精霊剣持ち。太刀筋もいい――」

「――ジーンって、剣も使えたの？」

カーンとハウロン。

いや、カーンって俺が『斬全剣』を使うのを見て……ないか？　シャヒラを斬り落とした時、苦しそうだったもんな。

「そういえば、魔法の練習と、精霊関係での力の行使ばかりでございましたな……」

「剣は割と普通――いや、強いが。大技は使わねぇし、戦い方は安定してるぞ」

執事とディノッソ。

「なんでそっちは普通なのよ！　レッツェが教えたの!?」

「ぶっ！」

キレ気味のハウロンの叫びにレッツェが噴き出した。

俺の剣の師匠はヴァンだし、イメージは時代劇ですよ……っ！


「この辺？」

「そう、くぼみに沿って切れ」

「骨だけじゃなく筋も硬てぇ！」

「おいおい、なんだこれ」

「それ、破くと苦くなるわよ。気をつけて、そっとね」

レッツェの指示で俺とディーンとクリスが、ハウロンの指示でディノッソとカーンが作業中。わいわいがやがや解体中、でかいので建築現場かなんかの力仕事状態。アッシュと執事には、部位に分けたものを運んでもらったり、道具に加工する素材を綺麗にしてもらったりしている。

「大きいと大変ねぇ……」

ハウロンがスケッチしながら言う。

大賢者は資料作りを始めたらしく、せっせと詳細な絵を描いては何やら書き込んでいる。結構上手で、羊皮紙《ようひし》にインクで描かれる絵は、絵葉書かなんかにしてもいい気がする。そう思うのは、俺から見るとアンティークっぽく感じるせいかもしれないけど。

インクはこちらでは普通だし、羊皮紙を使うのは紙より精霊の影響が少ないせいだろうし。

ハウロン的には解剖図？

解体工程でちょっと滲《にじ》んでくるドリップは、精霊たちが球体にして浮かしてくれている。臭いも逃さないようにしてくれてるのがありがたい。肉は無臭なんだけど、溢《あふ》れてくる汁が臭うみたい？

量も多いし、一般的な肉のドリップとは違うのかな。血のほかにも何か流れてる感じ？

「こんな大量に血と別なもんが出るってのは見てないな」

「俺が読んだ範囲にもなかったけど、ドラゴンの本、まだたくさんあったし」

「どこにって……聞きたいような聞きたくないような」

レッツェと会話をしているとハウロンが微妙な顔。

「ジーン、精霊に血抜き頼んだろ？　普通は血に混じってわかんねぇのかもな」

「これは【収納】するべきなんだろうか？　海に捨ててもらう？」

少し黄色っぽい水玉が結構な数浮いていて、ファンタジーなのかグロいのかよくわからない。

「【鑑定】とやらは？」

他で作業中のディノッソから声がかかる。

「あ。——不凍《ふとう》の血、このドラゴン種は体をめぐる2種類の血を持ち、その体液の多さから火に強く、寒さにも強い。だ、そうです」

ずんぐりむっくり固有とかも書いてあったけど、たぶんこの黒いヤツの【言語】さん翻訳だと思うので黙っておく。

時々あるよね、直訳すると変なの。それに食べるものではないらしく、説明が短い。最初に回収した赤い方はソースにするとか色々あったんだけど。

「あら。血が2種類あるの？　いらないならくれるかしら？　研究したいわ」

ハウロンの希望で回収決定。

「アッシュ、ハウロンの方に集めてくれるか？」

「承知した」

球体は突くと丸いまま移動する感じ。邪魔にならないようドラゴンからそっと手で押しやり離していたのだが、ハウロンの方に集めることにする。

ハウロンが球体を背負ってなんか悪の魔道師みたいになってるけど、気にしてはいけない。いやでも、うっすら黄色い球体に北の大地の弱い光が乱反射して、神々《こうごう》しく見えないこともないな？

シヴァは切り取った部位を食べやすい大きさに切り分けていく係。すぱっと手早く美しく。

「こちらは殻《から》を外したぞ」

カーンはローブを脱いでバリバリと殻を剥《は》がしている。王様、一番力持ちです。

全員精霊剣使用なんだけど、なかなか大変。精霊憑きのままのドラゴンはもっと頑健だろう。倒すんじゃなくって解体だから、勝手がわからなくて苦労するのもあるんだろうけど。

解体を終えて素材になるものは全部【収納】、そんなこんなで肉！


——の前に風呂！

で、肉！

再び北の大地に戻って、豪快に肉だ。

「夢の漫画肉！」

「漫画肉？」

聞き返してくるハウロン。

関節部分じゃないけど、骨にどっしりと肉がついている。理想的な形と大きさ、でも焼いても中が生《なま》問題。

だがしかしここは日本じゃない。炭火《すみび》でじっくり、ついでに火の精霊に頼んで中まで火を通す。ちろちろと火の精霊が肉の表面と中を行ったり来たり。外側こんがり、中はミディアムでお願いします。

でかい肉を焼いている間に、普通サイズのステーキがじゅーっと。

「やべぇ、旨《うめ》え」

分厚い肉を頬張《ほおば》るディーン。

「最初に噛んだ時は弾力があるのに、固くはないのよねえ」

頬を押さえながらシヴァ。

がぶっとやると、分厚い肉が口の中いっぱいの存在感。もぐっとすると、肉汁が広がって簡単に噛み切れる。ロースっぽい部位の肉は、ステーキ最高！

胸肉はさっぱりして、噛むとホタテの貝柱みたいに繊維状にほどける。腹側の肉は脂だらけだけど、よく焼くと脂が焦げて香ばしくて美味しい。少し焦げ気味でもいいくらい。きゅっと縮んでぷるんともちっとの中間みたいな食感。

「他の動物と部位の特徴は重なることがあるが、味は突き抜けてるな」

レッツェとハウロンはいろんな部位を少しずつ。なんか料理研究家が肉の味を吟味《ぎんみ》してるみたいになってる。

「脂が甘いし、口に残らない。寡聞《かぶん》にして知らずにいたが、ドラゴンとは美味いものなのだな」

アッシュが真面目な顔をしてしみじみと言う。

「アッシュ様、私も初めて知りました……」

アッシュと執事は同じもの。分厚いステーキを上品に一口サイズに切り分けて食べている。

「おおお、酒と合う。分厚いのはビール、こっちはワイン」

ディノッツォは種類の違うステーキ２枚。

「……」

カーンはワインで肉を食べてる感じ。

焼く時もハウロンやディノッツォの精霊をはじめ、たくさんの精霊にお手伝いしてもらっているし、お肉もばっちり味がするはず。

カーンの分だけ精霊を抜かずにおいとけばよかったって、あとから思った。何ぶん初めての作業だったもんで、ああした方がよかったというのがポロポロ出てくる。

——ディーンの火トカゲくんに焼くのを手伝ってもらった肉は、ディーンの皿にあります。

今日ばかりは野菜を食えとは言わない。口の味をリセットするために出してはいるけど、みんな酒で流している。

こんがり焼けた方の肉にかぶりつく。部位的にはリブロースなのかなこれ？　だいぶお腹いっぱいだけど、食うよ！


お腹いっぱいになって『家』に帰ると、リシュが駆け寄ってきてくんくんと。

「リシュ、ドラゴンの肉だぞ～？」

リシュに薄い肉をあ～ん。

こっちに来てから、肉を薄く均一に切るのって難しいことを知った。シヴァはとても上手。

「こっちは尻尾の方かな？　あ～ん」

おすわりしたリシュのお尻が浮き気味。片方だけ上がった前足、肉に釘付《くぎづ》けでお口を開ける
リシュが可愛い。

「こっちは肩肉の火を通したの」

少しずつたくさんのハウロン、レッツェ方式。

「なるほど、首周りのお肉とバラのあたりが好きなんだな」

たくさんあるから肉好きな地の民に分けるつもりでいるけど、一番リシュが喜んだ部位はまるまる取っておく予定。

ディノッソ家をはじめ、それぞれに分けたけどまだまだある。ハウロン以外は【収納】がないから少しだし。

——執事の【収納】はあれです、中で時間経過があるというか、ハンカチとかフォークとか短剣とか毒とか、執事の嗜《たしな》み用だそうです。具体例の後半は執事じゃない気がしたけど、気にしてはいけない。

さて、俺は着替えてもう一度風呂。焼いている最中はとてもいい匂いだけど、焼肉臭が全身についている。

体と髪を洗って、風呂に浸かる。割と重労働だったし、やったことがない作業だったから、ちょっと体がぎしぎししてる。疲れたけど充実感！

「リシュ、ほら骨」

でっかいドラゴンの骨。

風呂に入る前に、大鍋に突っ込んで煮沸《しゃふつ》消毒してある。武器防具、薬の素材にもなるけど、骨といったらリシュだろう。あとでわんわんにもあげようと思ってるけど、わんわんは肉片がついてる方が好みだって言っていたので、ちょっと干すなりなんなりして加工予定。

綱を親の仇《あだ》のように噛んでいたリシュが寄ってくる。自分より長い骨の真ん中をかぷっと咥《くわ》えて、お気に入りの場所に運んでガジガジ。

とても嬉しそうで何より。地の民からもらった綱を暇さえあれば噛んでいるんだけど、なんかどこか修行みたい。骨の方は噛んでる表情が笑顔に見える。

リシュと遊んで、今日は早寝。夜はまだ冷えて、潜《もぐ》り込んだベッドはシーツがちょっとヒヤッとするけど、すぐ体温で温まる。

ぬくぬくしながらリシュにおやすみを言って、本日は終了！

あっという間に朝。

特に目覚ましもかけてないし、昼まで寝ててもいいんだけどね。リシュが散歩を楽しみにしてるっぽいので、起き出す。

山の中をリシュと散歩。リシュは何か見つけては走ってゆき、くんくん匂いを嗅《か》ぎ、時には前足で引っ掻《か》く。そして俺が進んでいることに気づいて、走り戻ってくる。

散歩のあとはちょっとだけ畑の手入れと収穫。収穫した野菜の外側の葉や太くなった茎《くき》など、食べられないことはないけど、というところを多めに取ってしまう。取ったこれの行き先は家畜小屋、大人気なんですぐなくなる。

鶏《にわとり》たちは普段畑の草を啄《ついば》んでくれるけど、野菜はつつかない。でもこうして小屋に持ってゆくと食べるのだから、嫌いなわけじゃないのだろう。山羊くんたちは水路のそばとか、小道とか、草が短いと嬉しいところを優先的にもぐもぐしてくれるし、元ディノッソ家の家畜たちは優秀だ。

卵を3つ4つもらって、朝ご飯。炊《た》きたてのご飯に卵を落として醤油《しょうゆ》をたらっと。出来たての醤油の香りって、すごくいい。

うん、卵かけご飯は炊きたてがいいな。熱々《あつあつ》だから、卵にいい具合に火……じゃない熱が入る。

間に漬物をぽりぽりして歯応えを楽しみ、お代わり。2杯目は、卵1個と、卵黄1個。醤油、胡麻《ごま》をかけたところを海苔《のり》で巻いて食べる。卵黄追加で絡んで濃厚、まとまりやすいので包みやすい。パリッとした海苔のいい香り。

お茶を飲んでご馳走様。余った卵白はあとでマカロンか、ラングドシャでも焼こう。シンプルにメレンゲクッキーでもいいか。

ファンタジー肉のあとは、日本人満喫な感じで。『食料庫』を選んだ俺、えらい。いくら強くなったって手に入らないものもあるのだ。

朝食のあとは、また畑の手入れ。春になったら苺《いちご》を流行らそうかと、お手入れ中。寒さで枯れた下葉や赤く変色した葉をせっせとつけ根から取り除く。苺の病気の原因になるからね。

昼はドラゴン肉を焼いて、ご飯に載せてネギだれをかけてドラゴン肉丼。八朔《はっさく》とアスパラガス、ブロッコリー、生ハムのサラダ。

脂とネギだれが混じって、ご飯を包んで食べると最高。サラダは八朔の酸味が爽《さわ》やか。

リシュと遊んだあとに少し昼寝をし、地の民の住処、黒鉄《くろがね》の竪穴《たてあな》へ。


「お邪魔します。ガムリいるかな？」

俺に気づいて通路に顔を覗かせた住人に声をかける。

毎回何か依頼や、素材を持ち込むせいで、地の民の中では、俺のことは知れ渡っているっぽい。声を聞きつけたのか、他の地の民も通路に出てきた。

「水と石の島のソレイユ、ガムリはここだ」

「ガムリはここだ」

「ガムリはここだ」

住人たちを掻き分け、奥からガムリが出てくる。

掻き分けられた住人が、ガムリの後半の言葉を繰り返しながら後ろに下がり、通路を開ける。

黒鉄の竪穴の住人は、黒髪と黒髭《ひげ》ばかりでガムリ以外の見分けが怪しい俺です。

「珍しい肉が手に入ったから、差し入れ。犬小屋ってどんな感じ？　あと、もらった綱も喜んでもらえた」

地の民にはわんわんの犬小屋を依頼中。

「おう。そろそろ完成するぞ！　だが、完成してから見せたい」

「完成してから見せたい」

「見せたい」

髭でよくわからないけれど、笑顔のガムリ。自信作かな？

「肉はどこに出せばいい？　結構大きいから通路《ここ》で出すと詰まりそうなんだ。モリクたちの方にも分けて欲しい」

ガムリに頼む。グリドやモリクたちの谷も見せてもらってるんだけど、行くと宴会になるからね。さすがに3カ所全部で宴会するのはきつい。

ドラゴンの腿肉、どーんと1本。いや2本、3つの集落で食うには1本では足らない。地の民は宴会ではよく食べる。

ちょっと俺としては硬めな部位なんだが、ドワーフは硬めな肉が好きなのでちょうどいい。

スネはシチューとか、煮込みにしてみようかと思っている。

「おお、肉か！　ではこっちへ」

「こっちへ」

「こっちだ」

地の民のあとをついてゆく。地の民がドラゴンを食うことに忌避《きひ》がないことはリサーチ済み。リサーチというか、リシュの綱をもらった時に、ドラゴン素材のものもいくつかあったんだけど。その中のでかい骨の彫刻を前に、「食べでがありそうだ」と笑っていた。

穴蔵のような地下の住処で、一番広い——作業場や、地下宮殿みたいな場所は除く——部屋に案内された。

「誰か敷物を！　俺は物をどかす」

「誰か敷物を！　1人ではどけられまい」

「誰か敷物を！　2人でも無理だ」

「敷物は俺が！　誰か包丁を持ってこい」

「包丁は俺が！　誰か火を熾《おこ》せ！」

「火は俺が！　誰か酒を持ってこい！」

全員俺と言っているが、女性も混じっている。髭も生えているし、地の民の男女の見分けは難しい！

地の民の共同作業は連携がよくて、そして楽しそう。ちょっとうるさいのにも暑苦しいのにも慣れてきた。

解体作業が始まり、酒樽《さかだる》が据えられ、切り分けて焼いて、ジョッキが傾けられ、笑い声と歌が溢れる。

「うまいぞ、この肉！」

「うまいぞ、食べたことのない肉だ！」

「うまいぞ、なんという肉だ？」

評判も上々。口を挟む暇もなく、流れ作業であっという間に宴会になだれ込んでた。食い物に関して地の民は、出どころも気にせず、美味い不味《まず》い以外に拘《こだわ》りはない。

「ドラゴンの魔物肉」

ピタッと止まるざわめき。

「ドラゴン……」

「ドラゴン……」

「ドラゴン……」

完全に止まった手元、肉を凝視《ぎょうし》する目。え？　拘りないし、じゃないの？　ダメだったのか？

ハウロンとかソレイユが見たら宝物庫《ほうもつこ》な倉庫で、食ってみたいみたいなこと言ってたのに。

「素材……」

「触ったことのない素材……」

「ドラゴンの素材！」

そっちか！

「骨とか外殻とかあるから、食い終わったら見せるよ」

俺の言葉が終わるか終わらないかのうちに、すごい勢いで消費される肉と酒。待って、待って。ドラゴン肉は味わわないと肉好きディーンが泣くぞ⁉

ちょっと雑《ざつ》な宴会が終わり、地下の生産所へ。上の方にもあるけどね、本気の生産はあのドラゴン型の炉のある付近だ。

で、どーんと骨と外殻の大部分を出す。なるべく元のドラゴンの形がわかるように。ハウロンにも渡しているので欠けた部分はあるけど、十分に元の姿の想像がつく。

「おお、ドラゴン」

「ドラゴン」

「ドラゴン」

「ドラゴン」

「ドラ……」

「ド……」

ざわざわとドラゴンという単語が広がってゆく。仄《ほの》かな明かりの中、ドラゴンの外殻に映る地の民たちの影が小さく動く。

あれです。地の民って精霊の末裔《まつえい》なんじゃないかって思ったけど、その中でも増えるタイプの精霊な気がしてきた。

「手に取っても構わぬか？　島のソレイユよ」

「いいぞ」

「おお！」

「おお！　ガムリよ羨《うらや》ましいぞ」

「おお！　羨ましいぞガムリ」

いや、全員触ってもいいんだけど。まあ、集落内の序列とかあるかもしれないんで、このタイミングで口にはしないけど。

「預けてくから。何か作りたいなら作って返してくれてもいいぞ」

素材を吟味し始めると、地の民は長いのだ。

「いいのか!?」

「いいのか？　これを？」

「これを使っていいのか？」

悲鳴のようなざわめき。

「うん。グリドとかモリクとか他の集落の人にも回してくれ」

「おう、もちろんだとも」

俺に答えるガムリの目は、ドラゴン素材に釘付け。

「赤銀《しゃくぎん》の谷は何を作る？」

「硫黄谷《いおうだに》は何を作る？」

「黒鉄の竪穴は何を作る？」

「剣か」

「鎧か」

「盾《たて》か」

「これだけあれば美しき像も！」

「これだけあれば使いやすき家具も！」

「これだけあれば作り放題！」

大盛り上がりの地の民たち。家具はどうかな？　すごい厨二病《ちゅうにびょう》なデザインしか浮かばないんだけど。夜中に勝手にガタガタいいそうだし。

「頼んでおいた犬小屋を先に頼む」

ドラゴンの素材のことしか見ていないし、たぶん頭の中もそれでいっぱいな地の民たちに、一応声をかけて【転移】。

お邪魔する時には、一応迷路のような穴を地の民にもらった石を頼りに毎回歩いてきてるんだけど、帰りは気にしない。


転移先は島。

コレクションの棚に囲まれた俺の塔の作業部屋。棚の正方形の空間に、形のいいドラゴンの外殻を1つ置く。その黒い外殻の前に、やっぱり黒い金属のような牙《きば》を2つ、魔石を1つ。

魔石は球体。丸ければ丸いほど力を留めやすく、精霊が宿りやすい。見る限りこれはまん丸の、宝珠《ほうじゅ》って呼んでも文句のない大きさ。ハウロンが絶賛してた、国宝級。

使い道は国の気候安定とか結界《けっかい》とか、規模が大きい様々。――俺の場合は飾っておくだけなんだけどね！

塔の屋上、掛け流しの風呂に入る。入るついでに軽い掃除、特に目に見えて汚れてるわけじゃないし、使っているお湯というか水は、清潔に保つよう精霊にお願いしているやつなんで放置しても平気なんだけど。

風呂掃除って面倒だよね……。こっちの世界、カラッとして湿気がないから、風呂場にクッションとか置いといてもカビないんですよ？　信じられます？

それはともかく、塔に精霊が出入りしすぎて、塔を造っている石が大変なことになってる気配がするんだけど、気のせいだよね？　精霊鉄ならぬ、精霊石？　違うよね？

青トカゲくんは大きいし、城壁や石畳を伝って島のあちこちに行けるようになったみたいだし、なんか着々と精霊が育ってるような……。

島の精霊は青トカゲくんの眷属《けんぞく》になったのがほとんどなので、大きさも納得。『家』の方は、神々とかメモ帳《ノート》の眷属。ノートは大きくならずに人型に進んだ。

さて。島のみんなにドラゴン肉はどうしようかな？　さすがに人数分の料理を作るのは面倒だし、肉を預けてってのも精霊の助けがないとチェンジリングたちには味が弱くなるだろうし。

あれか。日持ちもするしジャーキー作るか？　ミートパイか？　ジャーキーは繊維状にほぐれる胸肉で分厚く作って、割《さ》いて食べるとかよさそう？　ミートパイは小さめをたくさん作って――うん、そうしよう。

ジャーキーならレッツェたちもギルドの依頼で遠出する時に保存食として便利だし、たくさん作ろう。

カヌムより南にある島では春の薔薇《ばら》がもう咲き始めている。塔の屋上にあるのは日本にはなかった青い薔薇で、とても深い青。こっちの世界は精霊の影響で花の色はなんでもござれだ。

俺が珍しがってたので、庭師のチャールズが青い薔薇をくれた。玄関に続く階段のとこに作った日除《ひよ》けの棚に絡む薔薇も青。そっちは色が薄くて可愛いやつ。白と柔らかなピンクの薔薇も少し混ぜてもらっている。

で、可愛らしい、ぽんぽんみたいに小さな牡丹《ぼたん》のような花がたくさん咲いて驚かれた。綺麗だけどよくある薔薇だと認識してたら、こっちは花弁《かべん》が一重か二重が多いんだって。多いというか、それしかないみたい？

完全に俺の記憶を元にした、精霊の匠《たくみ》による品種改良です、ありがとうございました。ここに咲いてる、よくあるスタンダードな薔薇の形もやばいんだろうな……。

俺の『家』に咲いてる花の形は、こっちではやばいのが多いかもしれない疑惑。野菜の形も危ないところ。交配しないと変わらないと思ってたよ……っ！

その青い薔薇と星、海を眺めながらのんびり風呂。ドラゴンの大陸歩きから解体、地の民との宴会まで、俺にしては忙しかったな。

翌日、カヌムは雨。

今日はごろごろするつもりだったのでちょうどいい。カードゲーム部屋の奥の、ベッドが置いてある部屋。風はなく、静かな雨。鎧戸を開けて外の光を入れても、吹き込んでこないようだ。

分厚い石の壁に囲まれた家は、雨の音をほとんど通さないけれど、屋根が近いこの部屋は、瓦《かわら》を叩《たた》く雨の音が聞こえる。窓開けてるしね。

コーヒーを置いたサイドテーブル、枕のそばに丸まっている大福、ごろごろしながら本を読む。

のんびりだらだら――してたら、レッツェとハウロンが来た。

「お前……」

扉を開けて招き入れると、なんか疲れたような顔を見せるレッツェ。

「どうした？」

なんだ、なんだ？

「今回はアタシが付き添い」

ハウロンを見たら、「うふん」みたいな普通の顔でそう言ってきた。

「ドラゴンの肉！」

「うん？」

珍しくレッツェが力んでいる。

「あれ、肉体強化の効果があるだろ⁉」

「……あるの？」

毒の有無と美味しいか美味しくないかは【鑑定】に出てたけど。

「あったのよ。ドラゴンの血を浴びた体は武器を通さないって伝説があるし、確かに効果があってもおかしくないのよねぇ」

ハウロンは今回余裕のようだ。なんだか楽しそう。

「黒精霊も精霊もほとんど抜いたし、ドラゴンの肉固有？」

精霊の影響が肉に残ってた？

「ドラゴンって、風の精霊のほか、色々な精霊が宿るらしいじゃない？　あの飛べない形状だと、大地や鉱石、岩石の――守りに向いた精霊が多く宿ってたんじゃないかしら？　黒精霊が憑く前に」

「聖獣だったってこと？」

ハウロンに聞く俺。

黒精霊が憑いたのが魔物、普通の精霊が憑いたのが聖獣。人を襲うか襲わないかくらいで、能力の差は特にない。

「聖獣みたいに意思を乗っ取るほどじゃないわね。ドラゴンの鱗の防具を見せてもらったことがあるけれど、鉱石の精霊が宿ってたわ。ドラゴンの体は居心地がいいのかしらね？」

「おお？　じゃあ、その影響が残ってたんだ？　結びついてもう分けられないくらい、一体化してたって感じ？」

「おそらくね。あの巨体からすると、私たちは少ししか食べていないし、食べた者に与える影響は、そう大きくないわ。実際、切ってみたら切れたし」

腕を撫でるハウロン。

切ったの⁉

「不穏な人体実験反対！」

「俺にとっては大きな影響！」

俺とレッツェの叫び。

ハウロンがうっかりマッドサイエンティストだった。いや、マッドな魔法使いだった。実験のために自分自身を切るのやめてください。話の流れからいって、絶対その腕切ったろう⁉

ハウロンの腕のあたりに目をやりつつ、コーヒーの用意をする俺。

「だから力が強くなったのはジーンが精霊の力で焼いたからだとして、食べた私たちが多少頑健になったのは、確実にドラゴンの肉のせいよねぇ」

なんだかうきうきしているハウロン。

「あんたらの多少は俺にとっちゃ大きな変化だがな」

レッツェが半眼になりながら椅子に座る。

「楽しそうで何よりだけど、痛い系の実験は……」

思わぬハウロンの研究熱心ぶりに戸惑う。

「同意する。ジーンもその辺は一般的感覚で何よりだが――。精霊で焼いたってなんだ⁉　コラ！」

レッツェも人体実験反対派で何より。でも、久しぶりにほっぺたの人権が蹂躙《じゅうりん》される。

「のびる、のびる！」

もがっとなりながら抗議。

「大丈夫、そっちは一時的なものよぅ。いつもより強く出てるみたいだけれど。ドラゴンの体は精霊の力の影響を受けやすいか、溜めやすいかするみたいねぇ」

片手にカップ、片手を頬にやって首を傾《かし》げるハウロン。

ハウロン、レッツェを眺めて、やたら嬉しそうなのはなぜ？　まさか人体実験の対象じゃないよね？　せめて観察対象に！

でもそうか、ドラゴンって精霊の影響を受けやすいのか。だから大昔のドラゴンの盾とか、強いんだ。

地の民の倉庫に眠ってたドラゴンの盾を、ガムリが精霊剣――というか精霊斧《おの》でがつんとやってみせてくれたことがある。精霊が憑いてるわけでもないのに、精霊斧でも盾に傷1つつかなかった。

少なくとも精霊に影響を与えられた精霊鉄よりはるかに強いってわかって、ちょっと不思議だったんだけど、なるほど、ドラゴンは金属より影響を受けやすいのか。ちょっとスッキリ。

「……」

「むおっ⁉」

などと思ってたら、またほっぺたを伸ばされたんですが！　すみません、よそごと考えてました！

「ドラゴンてぇ珍しいのがいた、目眩《めくら》ましになる大賢者もいた。血抜きは仕方ねぇとして、精霊を料理に使うな。日常的な作業に使ってるとクセになるぞ」

叱られる俺。

もうだいぶクセになっています。

「ごめんなさい」

最初、料理する場所に精霊を入れないようにしてたんだけど、チェンジリングや精霊の味覚のことを知ってから、歯止めが怪しい。いつの間にか誰に出す食事かを考えないで、精霊に手伝ってもらってる。

「いいじゃないの。美味しくなるんだし」

【収納】から料理を出すことにも卒倒しそうだったハウロンが、何か悟《さと》ったみたいだ。

あ。もしかしてハウロンも、ファンドール——ハウロンのそばにいる精霊、火の乙女だ——に料理手伝ってもらってる？　火力の調整、手伝ってもらうと楽だし。

「わかってて使ってるならともかく、ジーンはなんとなく使ってるだろ。心配にもなる」

レッツェがため息をひとつ吐いて、ほっぺたから手を放す。

心配されるとちょっと照れる、そしてちょっと嬉しい。レッツェの言う通り、料理に精霊って普通な気がしてた。ちゃんと意識して使うようにしないと、ギルドの依頼の最中とか、他の人がいるところでも無意識に使ってしまいそうだ。

「まあ、せっかく精霊をドラゴンから抜いたのに、また新しく呼び寄せて憑けたってことだものねぇ。確かに何も考えていないわね」

笑うハウロン。

ぐふっ！　そういえばそうだった。言われるまで気づかなかったよ！

「それにしても、レッツェも強くなったんならいいんじゃないの？　——他の人たちに強くなった理由を聞かれたら困るってことかしら？」

ちらっと俺を見るハウロン。

「そりゃ、大賢者様に理由はなすりつける。それがダメならディノッソの旦那だな」

「じゃあいいじゃない。なんで嫌がるのよ？」

ハウロンにドラゴンのことなすりつけてもいいんだ？　いいこと聞いた。

「1つ、俺にゃ分不相応。1つ、自分の能力は把握しときてぇ。稀にだが、怪我《けが》をすることを行動に織り込んで、相手から信用を得たり、騙《だま》したりすることもある。一番大きいのは、自分で得た力じゃねぇから扱いに困る」

コーヒーに口をつけながら、明後日《あさって》の方に目を向けているレッツェ。

「2人とも、怪我をする前提とか自分で傷つけるとかはやめないか……？」

体を張るのやめて？

「今はドラゴンを食べたばかりで影響が大きいんでしょうけど、食べたものは出るんだし、もし効果が残るにしてもおそらくほんの少しよ」

大部分の精霊を抜いたと思うしね、っとハウロンがレッツェに向けて言う。

「アンタらの少しってぇのは、凡人の俺にはデカそうだ」

肩をすくめるレッツェ。

「俺もちょっと精霊に力を借りる境目が怪しくなってきた。前に計画してたように、目くらましの精霊をつけて、その精霊に注意してもらおうかな」

俺の身体能力とか色々おかしいことを隠すため、ディーンやディノッソ、アッシュみたいに、小さな精霊にそばにいてもらう計画。

「精霊の方がストッパーって……。何か相性のよさそうな精霊がいたの？」

「赤い方のドラゴンから抜いた『細かいの』で、かっこいいのを作ろうかなって」

「……」

「……」

2人が黙った⁉

「ううう。色々見ないふりをしたのに」

項垂《うなだ》れるハウロン。

「見ないふり。研究熱心だと思ってたのに」

マッドな感じに。

「ドラゴン、ドラゴンの研究はまだ手の届く範囲なのよ！　ドラゴンの血の効果を使った薬や特殊な性能や何かは、研究によって同じ結果を得られるのよ！　困難ではあるけれど、ドラゴンを手に入れられれば！　ノートの言うところの範囲内なの！」

ハウロンがばんっと両手で机を叩いて腰を浮かす。

「ドラゴンを範囲内って言えるのもすげぇけどな」

レッツェがハウロンとは別なところを見ながらぼそっと呟く。

ドラゴンは頑張れば手に入れられるってことかな？　ハウロンの全力魔法を見られるチャンス？

「ドラゴンのあの黒い『細かいの』が1つの精霊になったのも気のせいじゃないのよね!?　というか、漂うだけの『細かいの』を操るだけでもう……っ」

机に手をついて、中腰のまま項垂れる。

「きゅ〜〜〜ってして、ぎゅってするだけだぞ？」

吸い出したあと、1カ所にぎゅうぎゅうにすれば勝手にくっつきあって1つになる。

「感覚的なものを擬音《ぎおん》で説明されてもわからないわよ！　——かといって、順序立てて理論的に説明されても理解が追いつかないでしょうけど。あと絶対魔力が足りない！」

ハウロンが顔を上げて抗議したあと、疲れたようにとすっと座る。

「たぶんドラゴンから精霊を抜くのはなんとかなるわ。神殿の精霊落としのための陣を応用すれば。でも集めるだけならともかく、圧縮のようなことは無理ね。『細かいの』は溜まったとしても、お互いが触れると弾かれたように散ってゆくこともあるし」

範囲外と言いつつ、色々考えてるハウロン。

「昔、『細かいの』を集めて、フラスコの中で精霊を生み出したって主張した男がいたけれど、あれも眉唾《まゆつば》よねぇ」

頬杖をついてため息を吐くハウロン。

「フラスコの中のモノとか、ガラスの中の妖精って呼ばれてるやつか？」

ハウロンにレッツェが聞く。

フラスコの中のモノとかガラスの中の妖精？　フラスコの中の小人っていうのなら、俺も聞いたことがある。錬金術のホムンクルスのことだよね？

「最初はよきことを告げるけれど、だんだん凶事《きょうじ》を告げるようになる人の形をした靄《もや》ね。精霊のなりそこないであるとか、全く別の何かであるとか、ただ妖精を閉じ込めただけとか——結論は出なかったわね」

少し落ち着いたのか、声が平静に戻っている。

ハウロンを落ち着かせるには何かを説明させること。覚えた、覚えた。

「精霊をガラス瓶《びん》に閉じ込めるのはできるよね？」

俺も執事の精霊を、ガラス質でコーティングされた壺《つぼ》——ぬか床に突っ込んだし。おかげで、なかなか姿を見せなくなっちゃったけど。

ハウロンのコーヒーカップのそばに、リンツァートルテをそっと出す。粉にしたナッツたっぷりの生地に、シナモンをはじめいくつかのスパイス。挟んだジャムの違いで赤スグリとラズベリーの2種類。ジャムはうんと煮詰めて甘く酸《す》っぱく濃くした。テカテカと光って飴《あめ》のよう。

「そうなんだけど、フラスコは口が狭いでしょう？　不定形な精霊が入り込んだ可能性はあるけど、見た者が違うって否定したの。フラスコの口より大きな人形が、丸い底に座っていたって。フラスコを叩くとその人形が誰にでも見えたし、声が聞こえたらしいのよ。本人も創《つく》り出した！　って言い張っていたし。でも本人含めて再現ができなかったから、やっぱりもともといた精霊を偶然閉じ込めでもしたんでしょうね」

ハウロンが話しながらフォークを手に取り、どっしりしたリンツァートルテを崩す。

それを確かめてレッツェの前にも。リンツァートルテは作ってしばらく置いておくと外側までしっとりしてしまうので、作りたてで食べるか、少し焼き直す。

せっかくナッツ入りの生地だし、外側は少しカリっと香ばしくいきたい。焼き直すのもちょっと楽しい。【収納】があるから滅多《めった》にしないけど。

「とにかく、集めることはできないこともないけど、くっつかないのよ。自然界ではくっついて1つになったり、触れると弾けて散っていったりするけれど、人の手が入って成功したという話は聞かないわ。あらこれ美味しいわね？」

「コーヒーにも合う」

ハウロンのあとを継ぐようにレッツェ。

「結構好きなんだ」

もぐっとする俺。

アッシュは同じ甘酸《あまず》っぱい系でも、ふわふわしたスポンジと生クリームが好み。俺は苺ショートは好きだけど、他はタルトとかどっしりしたものの方が好きだ。お菜《さい》になるようなものの方がもっと好きだけど。

「これは何か変な効果ついてねぇだろうな？」

ギクッ！

「いやまあ、【収納】に入れてあったのは、さっきの会話の前だし……」

視線を泳がせる俺。

「ま、ここで出す分には効果の期間も限定されるし、構わねぇけど。少し自分が出してるもんがどういうもんか自覚しろ。その辺の子供に菓子をホイホイやって、貴族の目にでも止まったら、お前じゃなくってその子に——美貌《びぼう》への執着は怖いぞ」

そう言って俺の方をちらりと見て、リンツァートルテを口に運ぶレッツェ。

そういえば、元の世界でも美貌のために女性の血の風呂に入ってた人がいたような……。美貌への執着はこっちの世界でも同じか。俺の作った菓子は今まで大体美容系だったもんな。

俺は認識されない気楽さがあるけど、代わりに菓子を持ってた子に執着の恐れが。カヌムでティナたちの友達におやつをあげたことがある。その場で食べてくれたけど、家族に食べさせるって持って帰られたりしてたら危なかったかも。

……反省します。これから、島はともかくカヌムでは、俺のことを知っている人にしか料理を出さない。出す時は、精霊の手伝いのないもの。

「……」

レッツェがコーヒーを飲みながら俺の肩を軽く叩く。

出回ってない食材は使わないよう、そっちは注意してたので、引き続き精霊に手伝ってもらう方も気をつけよう。カヌムの1階の台所は、来るのを遠慮してもらうの復活かな。

カーンに出す料理は『家』から持ってきたやつにすればいいし。1階は狭いんで、集まるのは食堂状態の2階かカードゲーム部屋だし。

「創ったといえば、ノートそっくりの精霊もよね。あれはなんで生まれたか、過程も理解できるわ」

声を出さずに笑っているハウロンが話題を変える。

「そうなんだ？」

「精霊の名前を連ねたメモ帳じゃないけど、親子が3代かけて作った玉に精霊が生まれた話は何件か聞くわね。あとは多くの人の信仰を集めた神像なんかも理屈は同じ。ただ、短い間に1人で生み出すなんて、普通そんな魔力はないわよ？　やれって言われても真似できないからね？」

自覚してね？　の副音声が聞こえる。

座布団も信仰を集めるというのの亜種かな？　人の向ける思いでも精霊が生まれる、と。

でもそうか、メモ帳《ノート》の精霊のことであまり突っ込まれなかったのは、ハウロンのいわゆる「範囲内」だったんだな。なるほど。

「で？　どんな精霊を創るんだ？」

レッツェが聞いてくる。

「……ちょっと、馴染《なじ》むの早すぎない？」

意外そうな顔でレッツェを見るハウロン。

「何か精霊を連れてる方が、誤魔化《ごまか》しが利きそうだっつうのは前から言われてたことだしな。何よりドラゴン型ってのは俺もちょっとは憧れる」

レッツェが珍しくわくわくしている？

「かといって、自分にはいらねぇからな？　蔦《つた》で十分だ」

俺がレッツェにも精霊はどうかと言い出す前に釘を刺される。

「もう1匹のドラゴンは、焼けた鉄みたいにオレンジなんだよね。翼があって、尻尾が長くて。たぶん、『細かいの』にも憑いてたものの形の記憶があるみたいで、それになっちゃうかな？俺のドラゴンのイメージがもっとちゃんとしてれば変えられるのかもしれないけど」

理想はあるけど、いざ具現化しようとしたらたぶん色々怪しい。

実はちょっと絵に描いてみようとして挫折。ドラゴンが空を飛んでいる時は前足を小さく想像して、地上にいる時にはぶっとく想像してた。前足ひとつとってもイメージが一定しないことに気づいた。

「もっとドラゴンをちゃんと見ないとダメかな」

うーん。

ディノッソの精霊をそっくり真似るのは芸がないし、お揃いは嫌がられるかもだし。はっきりイメージを浮かべないまま違う姿を願ったら、レッツェとかディノッソになりそうだし。俺に助言とか、止めてくれるとか、そういうイメージの方に引っ張られそうな予感がそこはかとなく。

途中で軌道《きどう》修正して、事故ってハウロンとかソレイユができて、冷静に止めてくれる前に叫んで失神する精霊とか。

「カーンが増えても困るし」

「増やさないで？　我が王!?」

ハウロンが叫ぶ。

ディーンとクリスは心配はしてくれるけど、止めるタイミングで応援されそう。執事はもういるし、アッシュを創ったら変態だと思います。

「レッツェ、どんなドラゴンがいいとかある？　絵とか彫刻の見本があると嬉しいんだけど」

精霊図書館で借りた本の挿絵、いまいちなんですよ。

いや、生態とか解体方法、効能ばかり調べてたからか。ドラゴンのかっこよさを推した本を探せばいけるかな？

「うーん。あの黒いドラゴンを見たら、だいぶ抽象化されてる絵しか見たことねぇってわかったからな。物語に出てくる聖なる守護竜や、人間を歯牙《しが》にもかけねぇ強大な竜ってのも、俺が知ってるのは文章だしな」

「変わったところで、南西の海の霧を越えた大地にいるっていう、蛇と鳥を合わせたような竜とか、東の果ての幻《まぼろし》の島にいる翼もないのに飛ぶ竜とかどう？」

レッツェとハウロンが言う。

「東の果てに島あるの？」

東の果てで、翼もないのに飛ぶって竜？

「聞いたことねぇな」

「古い錬金術師の言い伝えね」

日本的な島の伏線フラグが立った！

「どちらも人の住まない聖獣の土地って言われてる場所ね」

肩をすくめるハウロン。

フラグが怪しくなった！

2章　飛び地のトマトと新たな地

アウロと一緒にタリア半島の飛び地に来ている。

旱魃《かんばつ》に困って、ここの領主が譲《ゆず》り渡してきた土地だ。もともと日差しが強くて雨が少ない土地なんだけど、ここ3年ほどはお隣のマリナ半島共々なかなか厳しかったようだ。

タリア半島の南、東側の海に面した場所で、リプアと呼ばれる地域。本日は今年の分のトマトを植えるってことで見に来た。

白っぽい土の、タリア半島にしては平らな土地が広く続く。俺の『家』の周りもそうだけど、緩やかな丘陵になってることが多いんだよね。あとは山岳地。

「我が君、日傘《ひがさ》をご用意しましたがお使いになりますか？」

「いや、いい」

どこのご令嬢だ。あと俺、日に焼けてもすぐ戻るんだけど、治癒《ちゆ》が効いてる感じ？

まだ春だというのにかなり暑い。島も水路がなかったらこうなんだろうけど、草も少なく顔を見せている白い土が、余計《よけい》に暑さを増幅させている気がする。

アウロはさすがに上着を脱いでいるけど、汗ひとつ掻いていない。いつもの笑顔でいつもの調子。上着を着てる姿を見慣れているせいか、腕まくりのワイシャツ姿が珍しい感じ。

島から島民が苗《なえ》を運び、リプアの人たちが植えている。ちょっと前まではジャガイモだったんだけど、それはナルアディードで種芋《たねいも》として売った。がっちりと大きく、中身は黄色いやつなんだけど、あったかい土地用のなんで、ナルアディードの商人はこの辺で育てて、西に北に運ぶことになる。

寒い土地用も作りたいんだけどね、ちょっとだけだったら『家』の山でできるけど、たくさん作るにはどこでやっていいやら。

もちろん種芋として売り払う前に、ソレイユたちとここの実際に育ててくれた人たちには、味見をしてもらっている。結構好評で、トマト畑の隅で村人の分を作ることを許可している。むしろ保存が利くし推奨。

村の名前はそのままリプア。本当はリプアと呼ばれる地域は、俺のものになった土地よりも広いんだけど、まあ、他には人の住んでない土地だから。去年までは他に村が3つあったらしいけど、続いた旱魃で離散したらしい。

離散した村の住人は、港で雇われて安く使われてるっぽい。あまりいい境遇とは言えないけど、餓死《がし》者が出る寸前だったようだし、生きてるだけで丸儲《もう》け？

なお、ここの村人は土地ごと俺に売られている。住人は40人くらいだけどね。40人だけど、これは代官置くやつ？　それともリプア領とか言って、領主置くやつ？　荘園《しょうえん》なの？

この村でも何人かは村を捨てて出ていった人がいる。食べられる、と聞いて戻ってきた人もいるけど。

一応村の家のある場所の近くに、集会所兼、役人がいる館《やかた》を建てた。館と言うにはちょっと語弊《ごへい》があるみたいな建物だけど、他の家と比べたら立派。

料理ができる暖炉があって、パン焼き窯《がま》もある。ここでまとめて作って、薪の節約をしている。家ごとにパンを焼いたりなんだりで火を使っていると、薪代が馬鹿にならない。ここら辺も木はほとんど生えてないしね。

一応領主の森ってことで、雑木林《ぞうきばやし》みたいなとこがあるけど、なんというか村全体の薪を1年間賄《まかな》ったら、更地になるんじゃないかと心配になるようなあれでした。

パン焼き窯を作る前は、ここの人たちは穀物をそのまま湯で煮たようなものを食べていた。村の広場で大鍋で煮て、配ってたらしい。

今の雑木林は養生中ってことで、立ち入り禁止にしてある。おかげで下生《したば》えも生えてきたし、枝も伸びてきた。ただやっぱり暑いんで、思ったほどは育っていない。精霊はいてくれてるけど、得意な環境じゃなさそう。

植えてもらっているトマトは皮が厚くて、剥《む》いて食べる加工用のトマト。煮込み料理とかに使うやつ。日本の皮の薄い、生で食べても美味しいトマトはお預け。食料問題やら流通を考えたら、保存できて美味しい方がいい。育てるのが簡単なのも大歓迎。

作業をしばらく見せてもらっていたけど、島から来た人たちが指導しながら、特に問題なく村人によってトマトが植えられてゆく。土地の精霊がもうちょっと元気だと農作業も楽なんだろうけど。

でも初めて見た時は、熱射の精霊とか直射の精霊とか、乾いた風の精霊とか崩れた土の精霊とかがいっぱいで。せっせと手入れを始めたら、熱射の精霊は熱を含む精霊に、崩れた土の精霊は少し乾いた土の精霊とかに変わった。

気候に左右される精霊は、気候の変化に合わせて性質も変わるらしい。ドラゴンがいた場所みたいに、ずっと気候が同じだと、そこにいる精霊も性質の変化をあんまりしなくなるらしいけど。

どれ、ピザでも作ろうか。一応、こういう野菜を作ってるんですよってことで、食べさせとかないと。そのためにたくさんトマトの瓶詰めを持ってきた。

あとソレイユから豚を1頭持たされてる。物理的に俺が持ってきたわけじゃなくて、島から来た人が運んできた。

祭りや特別な日に肉を気前よく振る舞えるのが、いい領主ってもんらしい。丸焼きですよ！

島から持ってきた豚が焼けている。

畑作業をやっている間、村の年寄りたちが鉄串《かなぐし》をくるくるやって、こんがり――表面焦げてるけど――焼いたものだ。地面には浅く穴が掘られ、中には白と黒のたっぷりの炭、風が起きるとまだちろちろと火が起きる。

アウロが表面の焦げたところを大きなナイフの背で落とす。で、最初の何人かのために切り分けるのは俺の仕事だ。

まずは村長へ、次に役人2人。1人は村人から任命、1人は島から時々通う。小さな村なんでこれで済む。やることは農業の指導だしね。

基本、領地の中のものは全部領主のもの。でも場所によっては、領主の直営地以外で土地を持ってる人もいる。あれだ、王様が貴族に領地を与えるのの規模が小さくなったやつ。

この世界は、王様がいてその下に貴族がいる場所もあるし、俺みたいに領地を持ってて独立してるのもいるしで、いろんな制度が入り混じってる。

とりあえずうちは自由に使っていい畑の区画を解放中、自分で食う分は自分で作ってくれ。他は全部俺のもの！　と言うと強欲っぽいけど、干上《ひあ》がりかけた広場の井戸を掘り直したし、色々疲弊《ひへい》している土地なんで、薪やら当面の食べ物の提供やらと、今のところ持ち出しの方が多い。

「おお、ありがとうございます。美味いですな」

ニコニコと上機嫌な村長。

他の人たちも笑顔なことにほっとする。何せ見たこともない得体の知れないもの、というか、毒とも噂《うわさ》されるものを作ってもらってるからね。トマトだけど。

「おかげで1人も餓死せずに済みます」

急に重い一言！

村の主要な人に肉を配ったあとは、村長と役人さんに丸焼きの管理を任せる。焼けてるところを切り取ったあとは、またくるくる回して、焼けた表面を切り落として、の繰り返し。

「これから配る食べ物は、今日みんなに植えてもらった野菜だ。トマトと言うんだが、毒はない。季節にはそのまま焼いたり煮たりして食べられるが、今回のは少し干してオイル漬けにして保存しておいたものだ。自分たちがどんなものを作ってるか、食ってみてくれ」

トマトの説明を演説の代わりにして切り上げる俺。面倒なので話は短くします。話している間、集会場で焼いたピザが配られる。チーズとドライトマトだけのピザ。

料理の精霊の手伝いはなし、トマトは島で採《と》れたもの、小麦その他はナルアディードで買ったやつ。村人が興味津々《しんしん》に手に取り、ざわめく。

「この赤いやつ？」

「これが俺たちが今日植えたやつか？」

「いい匂い」

「チーズ、いいやつだぁ！」

おい、最後。そこじゃない。

トマトが毒だっていう話さえも伝わってない田舎な気配？　毒だって言われてるトマトとだいぶ姿が違うし、同じものと思われていない？　どっちだろう？

ああ、そういえば、もう少し緑が戻ったら牧人を雇って、牛か羊を飼おう。島よりたくさん飼えるから色々捗《はかど》るはず。

精霊が頑張ってくれてるし、大地が薄く緑で覆われるのもそう遠い先の話ではないはず。休憩所として『精霊の枝』をどこかに作りたい。

でも集落は小さいし、広場の真ん中は井戸だし、場所に困る。広場を囲むのは生活してる人がいる建物だしね。もともと『精霊の枝』がないような小さな村だ。

「我が君、どうなさいました？」

俺が難しい顔をしていたのか、アウロが聞いてくる。

「いや、『精霊の枝』を作ろうかと。枝は置かないけど、精霊の休憩所として。やっぱり集会所にくっつけるか」

精霊の好む場所は、水の流れる花々が多いところ。

「それがよろしいかと」

アウロが笑顔で答える。

普通、領主とは切り離しておくものなんだけど、村と離して作るよりはいいだろう。あとは森が森らしく戻ればそっちでも休めるだろうし。

とりあえず丸焼きもピザも好評。トマトは保存も利くってことで、村人の期待値が上がってるようだ。

「我が君は領民の心を掴むのが上手い」

キラキラしているアウロ。

ハードル上げないでくれますか？　飯で釣《つ》って仲良くなっても、仲良くなるだけじゃ領主の仕事はできないことくらいはわかる。まあ、直接の仕事はお願いした役人さんがするんだけどね。

俺はしたいことの希望を言うだけで、調整やら大変なことはソレイユたちがやってくれてるし。

頑張ってくれてるソレイユにはあとで何か贈ろう。たぶん、地の民がドラゴンの鱗で何か美術品を作るはず。何を作るか聞いてないけど、ハウロンの話からすると、地の民は何を作っても高性能の道具か美術品になるらしいからね。

とりあえず飛び地での仕事は上手くいった。青の島はもちろん順調だし、領主のお仕事は落ち着いたかな？

やるべきことはやったし、ドラゴンを探して南の端には辿《たど》り着いたし、明日からは東の探索に乗り出そう。

◆◇◆◇◆

翌朝、お弁当箱に料理を詰める。俺が【転移】で行ける東の端は、今のところユキヒョウの住む場所周辺。

でもちょっと北寄りすぎるよね？　たぶん、気候が似たところには似た文化が生まれてると思うんだ。

ナルアディードは、ドラゴンのいる南の地域や霧を越えた西域、南を経由するけど東域とも交易があったはず。一応、航路を辿ろうかな？　人のいる場所にいる精霊ならば、意思の疎通《そつう》が楽な可能性が高い。ジャングルの精霊、怖かったしね。

日本酒の小瓶を【収納】に入れて、準備完了。

そういうわけでやってまいりました、ナルアディード。最初に買うのは海路図です。神々からもらった地図があるからスルーしてたけど、人の痕跡《こんせき》を辿るなら人の作った地図が必要だよね。

バカ高い上に、正確とは言えないんだけど。すでにエス付近のマッピング、俺の地図と違うし。

なにこの角に描かれてる海の中の巨大なタコ？　いるの？　魔物？　食べられるの？　ダイオウイカとか、ゴムみたいで美味しくないって聞いたことあるけど。

一応の下調べをしたところで、エス川の東にある海岸に【転移】。随分前にカメと戦う羽目《はめ》になった海岸だ。確かあの時は鼈甲《べっこう》を手に入れたんだったな……。安産祈願だか子宝祈願の意味があることを知らず、うっかりシヴァに渡しそうになった記憶が蘇《よみがえ》る。

ここを南下して陸の端に着いたら、海を見ながら東に移動する予定。海沿いに町があるはずなんだ。お高い地図は、海沿い以外はだいぶおおらかな描き方がされてて、どうなってるかさっぱりだけど。

エス川を遡《さかのぼ》った時と同じく、見たことのない魔物とはとりあえず一度戦ってみながら、精霊に名付け、【転移】をする。

今回、精霊への確認も怠らない。魔の森の魔物と違って、即死とか毒の攻撃をしてくるヤツがいる可能性がある。

青とエメラルドグリーンの海、珊瑚礁《さんごしょう》。そしてイルカの魔物。

ちょ、フグ、フグを投げてくるのをやめてください！　鼻先？　口先？　とにかく突いて海の中から狙《ねら》ってくる。そっちからは届かないだろう、あっはーみたいな顔をするのやめろ！

知能高いなこの野郎。

棘《とげ》を持った爆発するフグ。地面に着弾しても爆発までしばらく間があることがあるんで、たぶん時限式なのかな？

対抗手段、ここは魔法か。魔法だな？

「こうだ！」

魔法のバットでフグを打ち返す。

いや、あれ？　なんか違う。

イルカの魔物の近くで爆発するフグ。２匹ほど力なくぷかっと浮かぶイルカの魔物。それを丸く囲んで見ている、仲間のイルカの魔物。

浮かんだイルカからこっちに顔を向け、やる気のイルカ。降り注ぐフグ。打ち返す俺。ノーコンのイルカがいるのか、俺から少し離れた場所に着弾するフグが爆発する中、とにかく打ち返す。

バットはバットの形状をしてるけど、木や金属でできてるわけじゃない。細かい光の何かだ。俺が魔力を放出している間は消えないのかな？　色々謎なんであとでハウロンに聞こう。

それにしてもイルカ！　お前ら爆発までの時間を数えてからフグを投げるまでの知能はないようだな！　ふははは！　いや、鼻先で保持できないからかもしれないけど。こっちはイルカを狙って打ち返す余裕が出てきたぞ！

——なんか違う、違うけど今さら切り替えられない……っ！

そういうわけで、たくさんイルカの魔物を仕留めました。海から引き上げたら、下半身（？）に硬そうな鱗があったんで、俺の知ってるイルカじゃなかったけど。

魔物だからツノはあるわ、目の下は黒くってイボ付きで皺が寄ってるわみたいな状態なので、全体像がイルカじゃない。海から顔だけ出してた時はちょっとイルカっぽかったんだけど。

ナルアディードで聞いたイルカとこいつらが同じものなら、取れる油を革《かわ》の鞣《なめ》しに使うことが多いらしい。とりあえず【収納】。

ところでフグがいないんだけど、全部爆発したの？　それともイルカの魔法だったの？　どっちだ。

海水で手を洗い、岩陰で海を見ながら昼。

酢飯《すめし》にたっぷりの胡麻《ごま》と紅生姜《べにしょうが》が入ったお稲荷さん、じゅわっとほんのり甘いお揚げ。黄色い厚焼き卵は出汁《だし》、うちの鶏の卵は美味しい。

小ぶりの蕗《ふき》の薹《とう》の天ぷらを2つ。弁当箱ごと【収納】に入れておいたので、揚げたてが健在。口に放り込んで、もぐっとほろ苦い少し癖のある味が広がる。

冷えた日本酒を少々。酒の味はまだよくわからないけど、雰囲気ってあるよね……。というか、喉を焼くみたいなんだけど、度数高すぎか！

真ん中を赤紫蘇《あかじそ》でピンクに染めた酢蓮《すばす》と、オレンジ色の車海老の酢の物。甘鯛《あまだい》の塩焼きを一切れ、生麩《なまふ》を揚げたもの、インゲンの胡麻和《あ》え。小さな新ジャガを焼いたもの。

つい、日本的な風景を期待して和食のお弁当にしたけど、1日目はまだエスの文化圏から抜け出せてないね！　暑いし！　見える植物は椰子《やし》っぽいし！

珊瑚礁が中に見えるエメラルドグリーンの海は綺麗だけど、気が早すぎだった。


せっせと進んで4日目、本日はお休み。たぶんそろそろ地図にある港町に着くので、休憩がてら情報収集。

主に住んでる人の性格。何を好いて何を嫌がるのか、やっちゃいけないこととか。実際に行ったことのある人に聞く方が、本で調べるよりわかりやすいってことで、ナルアディードの酒場に来てる。

「ああ、黒い大きな目の人たちか。どうって言われても、言葉が通じねぇからなぁ」

髭もじゃのおっさんは、ついさっきナルアディードに着いて、酒場に駆け込んだ船乗り。昼間から酒を飲んで、すでに出来上がってる人もいる。長い航海を無事終えて、狭い船室から解放されたお祝いなのだろう、とても騒がしい。その中から話が聞けそうな程度の酔っ払いをチョイスしている。

「言葉が通じないまま交易してるの？」

「まあな。俺たちゃ緑色した魔石を持ってく、あっちは小麦をくれる。大昔の約束らしい」

俺に奢《おご》られた酒を飲みながらおっさんが言う。

「おかしな感じの奴らだが、魔石でしかも親指の先より大きけりゃ、10の船の船倉がいっぱいだ。まあ、緑の透明な魔石ででかいのなんて滅多にお目にかかれねぇけど、普通の宝石や小さな袋いっぱいの魔石だってそれなりさ。何より行きは他のもんも乗せて、途中で売り払えるからな！」

何か愉快《ゆかい》になったらしく、ゲラゲラ笑うおっさん。

「わははは！　メールの奴らか？　あいつらは俺たちみてぇな人間じゃねぇからな！」

「ぶはっ！　なんてったって緑の宝石出すだけだからな！」

笑い声に誘われたのか、仲間の船乗りが会話に加わってくる。そしてあっという間に酒と女の話にシフト。

船乗りに呼ばれてる、メールっていう土地だか町だかの名前と、交易の仕方しかわからない件について。とりあえず緑色の魔石をポッケに入れてけばなんとかなりそう？

ナルアディードは、中原とかカヌムがある大陸と、エスがあるドラゴンの大陸に挟まれた大きな湾にある。エス川より東に狭い海峡があって、そこから南下して東に向かってる。

ただ海峡の入り口は少し行くととても狭くなって、それから広くはなるけど、今度は砂が溜まって浅くなる。北方と貿易するような大きな船は使えないらしい。

内海を行き来する船ほど小さいわけじゃないけど、移動距離の割には小ぶりだそうだ。ナルアディードで何か積んで、エスで売り払って海峡へ進むことが多いって。

それに海峡はドラゴンの縄張りから微妙に外《はず》れる場所で、魔物が出るらしく、命懸《いのちが》けなので給料がいいのだそうだ。うん、俺がイルカと千本ノックした海のことだね！

そういうわけで、やってまいりましたメール。

メールの人は、真っ黒な目が顔の3分の1くらいを占めていて、頭が長い。男も女も裾の長い衣《ころも》を着ていて、足をどうやって動かしているのか、体が全く揺れず、スーーっと流れるように移動する。肌は青い。

え、待って。

人間じゃないとは思ってなかったんですけど。いや、ドワーフもいるし？　エルフもいるかな？　くらいには思ってたけど。俺のこの世界への認識が甘かったようだ。

俺も俺の周りにいる人も、元の世界の「人間」とはちょっと違うしね。目の色とか髪の色もそうだけど、顔の彫《ほ》りが深かったり日本人みたいに童顔だったりで混じってるし。

北に行くと、彫りが深くて身長2メートル？　みたいなムキムキ半裸《はんら》もいるし。半裸は関係ないか。なんで毛皮を着ながら半裸なのか、ちょっと理解できなくってつい。

そういえば、北は黒山、東は魔の森――で、人が住める地はその真ん中だけって聞いたような聞かないような……。あれってもしや、他にも町があって人以外の種族が暮らしてるってことだったりする？

日干しレンガかな？　家、道は黄色がかった象牙《ぞうげ》色。カヌムやナルアディードの家と比べて色味は地味だけど、積み方が独特で、表面の粘土を削って模様が描かれていて、美しい。

小麦ってことは灌漑《かんがい》でもしているのか。水が引かれていて緑も多い。柘榴《ざくろ》があちこちに植えられ、ブーゲンビリアっぽい花と、背の高い木に薄紫の花が咲いている。

えーと、どうしよう？　俺の存在に気づいてるのかいないのか、まるっとスルーされて、目の前を行き交っているメール人たち。【言語】さんで言葉はわかるはずだけど、とても話しかけづらいです。

まさか港から入らないと認識されないとか、交流断固拒否とか――？　一応、緑色の魔石は持ってきたけど、港に行ってどこかで見せればいいのかな？

色が濃くってしかも透明度が高いやつを、大小選んできたんだけど。

「うをうっ！！！」

ちょっと途方に暮れて緑の魔石を出し、それに目をやった一瞬。

目を上げたら思いっきりメール人に囲まれてます！　気配がなかった、怖いよ！

瞳が真っ黒で、瞳孔《どうこう》との境がわからない。そもそも瞳孔がないのか、全部瞳孔なのか。瞬《まばた》きもしないで、その黒い目で俺を、俺の手の中の魔石を見ている。

もう一度言います。

怖いよ！！！！！！！

俺というか、緑の魔石を覗き込んでいたメール人が、少し離れ、身をくねらせ始めた。

俺を囲む5人が体を揺らし、腕を動かし――はい、『小さいので小麦を船いっぱい、中ぐらいので船10杯。大きいのはどうしたらいい？　小麦はどれくらい？』。

ジェスチャー、ジェスチャーが言語か！　そして【言語】さん優秀すぎ……っ！

『わかるかな？　無理かな？　取引の石板《せきばん》持ってくる？』

表情は変わらないけれど、少し不安と困惑が伝わってくる。ちょっと子供っぽいというか、純粋な印象も。

『小さいのと中くらいのはそれでいいよ。大きいので町の見学をさせてくれますか？』

って言おうとしたら、俺も謎の踊りを踊るっていうね。【言語】さん……っ！！！！！

『あ、通じてる。わかるんだ？　君の言葉には敵意もないね。いいよ、案内してあげる。緑のちょうだいね？』

ああ、この言語、嘘がつけないんだ。気持ちを伝えるのも込みなのかな？　話してみたら、第一印象の怖さは綺麗に消えた。

『うん。先に大きいのは渡しておく』

でもあれです、俺までくねくねするの恥ずかしい。テレパシーとかないですか？　え、ない？　そうですか。

1人心の中で問いかけ否定しつつ、メール人についてゆく。メール人の手や腕は人間より少しだけ平たい。服装は胸のあたりから広がるワンピースみたいなやつに、袖《そで》なしの上着、頭に布の覆い。5人の中で1人だけ、帽子の形が違うけど、中身の見分けはつかないし、男女の別もよくわからない。

相変わらずスーッと移動するんだけど、地面に擦《こす》りそうなほど長い裾に隠れて足は見えない。さすがに絶対セクハラな気がするので見せて欲しいとは言えない。違う人種で違う文化でも、布で隠してるってことはそういうことなんだと思うしね。

見せて欲しいって言ったら、求婚になったりして。文化の違いは怖いです。

『ここは広場。あちこちに水がいっぱいなのは、目が乾燥しないようにだよ』

『俺たちより目が大きいしね。噴水、綺麗だ』

彫刻から綺麗な水が吹き出すだけの噴水はいくつか見たことがあるけど、ここのはちょっと凝《こ》っている。

大きな噴水に合わせて、周囲の小さな噴水も水を噴き上げ、水が散る。小さな噴水は真っ直ぐに噴き上げるだけだけど、大きな噴水はドーム型に水を作ってる。

ひっくり返された水のボウルが、小さな噴水の噴き出す水を受けて宙に浮かび、ボウルの曲線に沿って水が下に垂れてゆく感じ。噴き出す水の強弱もあって、ボウルが空飛ぶ円盤《えんばん》みたいに上下するのがちょっと面白い。

なお、とても稀にだけど、メール人も瞬きをする模様。それに、個別でも動けるけど、集団で情報を共有して、同じ考えを持っているっぽい。踊り――喋るのも、打ち合わさずにぴったり揃ってるしね。

花と水と日干しレンガに施された綺麗な模様は、広場とか人の集まるところは凝っていて、町の端の方も手抜きがない。そして建造物は規則的。

メール人は大体５人で行動してるみたいだ。人はそれなりにいるけど、水の音とか風が木々を揺らすさわさわとした音しか聞こえない。なんかやっぱり不思議な感じ。

精霊たちを見ると、大体どんなところかわかる。白い日差し、明るい日差しのところに光の精霊、飛沫や、溢れる水のところに水の精霊、花の精霊がたくさん。規則的で穏やかな精霊が多い？

穏やかに同じ生活を続け、変化はあんまり好まない種族ってところかな？　大勢で押しかけたり、こっちの文化を持ち込むのはやめた方がよさそうだね。

ここの精霊たちの姿はヒト型も多いけど、頭が長くってメール人寄り。そして静かなのは、ジェスチャーで話してるっぽい。水音の精霊とかはジェスチャーと一緒に声も出てるけど。

『君たちはどんなものを食べるの？』

メール人たちに聞いてみる。

『水と小麦と花の蜜《みつ》だよ』

『なるほど』

周囲を見回して納得する。水と花に溢れた町、その外には小麦畑が広がっていて、他の作物は見当たらなかった。まあでも、食べるのは人間も食べるものなんで、人間とそう離れた存在ではない？

集団からすーっとメール人が1人離れていって、俺が他の場所を見せてもらっているところに戻ってきた。

『よく食べるのはこれだよ。これはシャカラダの花の蜜だね』

差し出されたのは、薄くて四角く切られた小麦粉を焼いたもの。

シャカラダは町にも生えてる、背の高い木に咲く紫の花らしい。蜜が多い種類を選んで、木が植えられてるんだそうだ。

『ありがとう。いただきます』

無発酵《むはっこう》のパンかな？　ちょっと固めでぱりっとする。齧《かじ》ると小麦粉の味、次に花の香りが鼻に抜けて、ほんのり甘い味が口に広がる。素朴だけど美味しい。

もぐもぐと食べて水を飲む。ちょっと口の中の水分を奪うので、水がありがたい。癖がなくって口当たりの柔らかい水、軟水《なんすい》かな？　珍しい。

最後に連れていかれたのは、一番大きくて町の中心のような建物。他の建物と比べて、日干しレンガの壁が厚いし、装飾も凝っている。

『精霊の枝』とか神殿とかにあたる場所かな？　統治者がいるなら王宮？

建物の中は、日干しレンガで凹凸をつけた幾何《きか》学模様。町中で見たものよりも規模が大きく細かい。壁の一部がレンガではなく、花みたいな模様の透かしになっているんで、床にその模様の影ができている。

雨がほとんど降らない地域？　その割に水が豊富だけど。ガラスの類《たぐい》は嵌《は》まっていないし、カヌムみたいに鎧戸もない。模様の隙間から吹き込んでくる風が気持ちいい。


奥に進んでゆくと、色のついたレンガが混じり始めた。レンガの色は緑と青、白。表面だけ釉薬《ゆうやく》をつけて焼いてあるのかな？　幾何学模様が一番多いけど、他のものも混ざり始める。

生き物ではライオンのモチーフが多い。うん、ちゃんとライオンだってわかる絵になってるのすごい。レンガ1つずつに必要な色をつけて組み合わせ、大きな絵にするのは大変そう。しかもこれ、ちょっと浮き彫りもしてある。

でっかいライオンの壁画を眺めながら、廊下を歩く。

『この生き物は近くにいるの？』

『いるよ。でも近づいてはこない、距離を取ったお付き合いだよ。お互い危ないからね』

距離を取ったお付き合い……。

お互い危ないってことは、メール人の方にも何かしら攻撃手段があるということ。こっちの世界は魔物もいるし、ライオンがどの程度の扱いになるか微妙だけど、うん、穀倉《こくそう》地帯を持ってて他から攻められてないってことは、そうなんだろうな。

戦ったらメール人って強いんだろうな～と思いつつ、俺には戦う理由も必要もないので、のんびり見学させてもらいます。

魔物や黒精霊とは一通り戦うけどね。素材も取れるし、俺も戦闘経験は積んでおかないと、いざという時困るし。戦うことになるかどうかはわからないけど、俺と似たようなモノなんだろう――『人形』くん。

天井は高く、あちこちに飾ってある花は、焼き物ではなく石から切り出した感じの壺に生けてある。基本、室内は明かりもなくって薄暗いんだけど、代わりに涼しい。

床下から水の流れる音がする。もしかしたら俺の島と一緒で、水はここから流れ出しているのかもしれない。

『この奥は立ち入り禁止。ごめんね？』

『いいよ。俺、初めて来たんだし』

むしろここまで入らせてくれるの大丈夫かな？　って思う。

ここで止められるのは、この先に大事なものがあるってことだろうし。大事なものの場所を教えていいの？　ってなる。本当に大事なものは別にあるパターンとか、フェイク情報かもしれないけど。

『畑とか町の外も見ていい？』

『いいよ。麦は踏んでも大丈夫だけど、花は踏まないでね？』

ということで、今度は町の外。大規模な灌漑だ。そして思った通り、町から水が流れてる。

2方向に流れ出た水は、思ったより水量が豊かで、どちらも分岐して遠くまで広がっている。遠くの水路は見えないけど、緑が直線的にわさわさしてるからわかる。

『水魔法？』

『魔法じゃないよ。でも魔法って伝えた方が、船で来る人には理解しやすいみたいだね』

灌漑用の水路はあるものの、日陰がほとんどない場所で畑の手入れをするメール人たち。作業をしているメール人たちは、みんな水球の中にいる。手を伸ばす前方だけ、薄い水の膜がざぷんと割れてる。

俺が土偶《どぐう》のいる湖に潜る時に、大気や風の精霊にお願いして、体の周囲に空気の層を作ってるのと一緒っぽい。俺のも魔法かどうかは怪しいし、そういうことかな？

水路があるんで水関係の精霊がたくさんいるけど、個別に願いを聞いている気配はない。ないけど、『細かいの』が精霊から流れ出して、メール人に集まってる。

一面の小麦畑に、水路のそばの木々、彩る花々。葉の間を飛び回り、水路で休んで気ままに過ごす精霊たち。

『ここの人たちは、船に乗ってくる人より精霊に近いのかな？』

それも水の精霊。人間よりも地の民よりも精霊寄りに感じる。

『うん。でも君ほどじゃない。君はよくわからない』

『俺も自分でよくわからない。俺は俺だけど、精霊に作られた体だからね』

『勇者なの？　それにしては気配が変。色々混じってる』

ああ、精霊の属性の気配もわかるのか。勇者って召喚した神の属性に傾くはずだし、黒精霊まで捕まえてる俺はさぞかし変な気配なんだろうな。

『来た方法は勇者と同じなんだけど、野良《のら》なんだ。あちこちフラフラ観光しながら精霊に名付けてるんだけど、黒いのも含めて片っ端からしてるから変なんじゃないかな？』

『黒いのにも？』

『うん、耐性あるから。――ああ、俺が渡した緑色のは魔石だから、利用するなら影響受けないように気をつけて』

大きいのは黒いのの影響があるって聞いたし、メール人が精霊に近いなら人間より影響されやすいかもしれない。

『大丈夫、コワイのは綺麗にするから。ここの精霊には名付けないの？』

『町に来る前にちょっと名付けたけど、ここの人たちは精霊と共生してるみたいだし、俺が名付けちゃなんか嫌だろ』

どう考えても、メール人は精霊が見えていて、蝶々《ちょうちょう》がそこにいるくらいの感覚で暮らしている。

見えてるすぐ近くにいる精霊が、知らない誰かの影響下って嫌だと思う。

『やっぱり変わってるよ』

メール人に変わってるって言われてしまった……っ！

さわさわと風が吹き渡り、どこまでも広がる麦の緑が揺れる。メール人たちが振りまく水に、光が反射して輝く。

遠い山は乾いた黄土色、この緑はメール人の手入れの賜物《たまもの》。俺も頑張って山の畑の手入れしなくちゃ。エスで米の種籾《たねもみ》を手に入れたから、米もね！

エスで米の扱いは野菜っぽくって、なぜか短いパスタに混じってたりしたけど。炭水化物だと思ってる俺からすると、ちょっと謎な組み合わせで出てくる。

『さて、そろそろお暇《いとま》する。ありがとう』

ちょっと心が洗われた感じです。

『うん、小麦は？』

『俺がたくさん持ってったら困らない？　食べる分とか、港に来る人とか。実は俺はそんなに必要としてないんだ』

緑の石は、交流のきっかけアイテムとして持ってきただけだ。

『たくさんあるから大丈夫。約束だからね』

メール人たちは約束を破るというのをとても気にする気がしたので、大人しくもらうことにする。

『どこに運べばいい？　それとも船を待つ？』

『出しやすいところならどこでも。俺は【収納】持ちなんだ』

隠し事をするのも面倒だし、ここは正直に。

メール人はたぶん、精霊と同じように心を読む。心を読むというか、感情を読むのかな？　あと読むだけじゃなくって伝えてもいるみたいだ。ジェスチャーでの意思の疎通が割と快適なのもそのせいだと思う。

メール人に裏表がないのが伝わってくるので、こっちも素直に応じたくなる。

そういうわけで麦畑から町の中に戻る。――広場にはすでに小麦の麻袋が積み上げられていた。メール人の間で、離れていても意思の疎通ができてるんだなこれ。まあ、なんとなく予想はしてたけど。

『じゃあ、いただきます』

【収納】に端から入れてゆく。

『すごい魔力だね』

『うん。こっちに来た時よりだいぶ増えた』

【収納】できる量や時間などは魔力による。

例えばエンの【収納】できる量は、小麦の袋5つ分くらい。ずっと入れとけるのは2袋くらいで、それ以上は3日くらい経つと吐き出されてしまうらしい。ディノッソが増えてきてるって言ってたけど。

他にも、人によっては中で時間が経過したり、取り出す時に色が変わったりするそうだ。

【収納】持ちは少ないんで、ハウロンが知ってる過去の事例だそうだけど。

『ああ……』

メール人が体を揺らすと、水が俺とメール人を包む。

『母さまから伝言。守護する者に名付けたら、またおいで』

『父さまから伝言。秘密は秘密のままに、意味がわかるならまたおいで』

薄い水の膜がゆらゆらと揺らめき、周囲の風景を歪《ゆが》める中、メール人が内緒話《ないしょ》をするみたいに密《ひそ》やかに動く。

『わかった』

口の端が上がるのがわかる。これはちょっと嬉しい収穫だ。

俺が答えると、水が引いて視界がクリアになる。

『またね』

『また』


【転移】して『家』に戻る。

「リシュ～」

駆け寄ってきたリシュをわしわしと撫でる。

匂いを嗅ごうとしていたリシュが、ころんと転がる。ここか、こっちか、ピンクの舌《した》を見せて笑顔でごろごろくねくねするリシュをしばらく撫でる。

背中をくすぐる手の手前で、体をねじって空気をはふっと噛む。さっと手を引っ込めるとゴロンと向きを変えるので、また背中をくすぐり、またはふっと返される。うちの子はやっぱり可愛い。

リシュに癒《いや》されたところで、ご飯。

本日はチャーハンと餃子《ぎょうざ》。ホタテの貝柱を崩して水気を抜くように炒《いた》め、バターたっぷり醤油をちょろり。卵と玉ねぎ、ご飯をホタテとは別の鍋で炒め、そこにホタテを投入。

餃子は作り置きをフライパンに並べる。水が一気に蒸気に変わる高火力にし、素早く蓋《ふた》をして蒸《む》し焼き。

ちゃんとチャーハンは丸く盛って、いただきます。

チャーハンは、卵の優しさと玉ねぎの甘さ、バター醤油ホタテの美味しさを炭水化物《こめ》が包み込む感じ。多めにした黒胡椒がぴりりと味を引き締める。

餃子の皮はパリッとしてもっちり。ニンニクをほどよく効かせて、味はやや濃い目。白飯に合う味だけど、今回はビールが目的だ。

ぷはっとやってみたかったんだよね。ってことで、熱い餃子を口に放りこんでもぐもぐしながら、日本式冷たいビールに手を伸ばす。

あ、苦い。

雰囲気的には満点だけど、俺の舌がビールに慣れてない。明らかにカヌムとかで出される水分補給用のビールとは別物だからね。いやでも美味しい……ような気がする。

――途中でヘタレました。

ディーンたちと飲む分には、雰囲気に流されて楽しくなってくるんだけど、1人じゃまだ美味しくないかな。

そういうわけで、ジンジャーエールにチェンジ。大丈夫、ここにお子様扱いする人はいない。

チャーハンに餃子、ぷはっと幸せです。

炊きたてご飯に豆腐とワカメの味噌《みそ》汁、オクラと湯葉《ゆば》のお浸《ひた》し、若竹煮、大根の煮物、キュウリと鳥の中華和え、漬物各種――さっぱりしたものを、ぜんぶちょっとずつ。そしてアサリと生姜の佃煮《つくだに》。

味噌汁を一口、おかずは薄味で寝起きに優しい味。炊きたてのご飯に甘辛い佃煮。濃いめの味付けに負けないアサリの滋味《じみ》、ご飯のお供にとてもいい。

俺の朝飯は和食と洋食が半々くらい。今日みたいに色々な日は、【収納】から作り置きを出してる。

ちなみにカヌムのみんなは、大体いつも同じもの。パンにバターかジャム、野菜スープとハムかベーコンかソーセージ。アッシュと執事は、それプラス卵があるなら卵料理と、果物か甘いものを少し。

なんか食べるものを毎回変えると疲れてしまうんだって。俺も日本にいた時は、トーストとコーヒーだけだったな。食事というより朝のルーティンだな。こっちに来てからは、朝から動き回るし、好きに食べるようになったけど。

朝のルーティンはリシュとの散歩と畑の見回りに変わった。朝採《あさど》れの野菜や卵で作ることもある。でも俺、生みたての卵は少し苦手だったりする。冷蔵庫で冷えてる卵に慣れてたからかな？　ほかほかしてる卵はちょっとなんか抵抗がある。

さて、今日は畑と果樹園の手入れ、いや家畜小屋の掃除からかな。ほぼ放し飼いなんで、すごく臭いってことはないんだけど、やっぱり寝藁《ねわら》は汚れ気味だし、湿っちゃったりするんで取り替える。

リシュは自分の影をたしっと飛んで踏む遊びで、短い距離をぐるぐる。うちの子可愛い。

家畜たちは日の出と共に好きなところに散ってゆく。大体牛は牛同士、豚は豚同士みたいな感じでいるけど。山羊と羊、牛の行動範囲は結構広くて、豚は狭いみたい。

夕方まで住人のいない家畜小屋から使用済みの藁を出し――というか【収納】して、藁のあった場所に少し風を通すため他のことをする。小屋の掃除だったり、傷《いた》んだ場所の修理だったり。

家畜小屋そばの水路の点検。水路といってもU字溝みたいなかっちりしたやつじゃなくって、半分小川だ。水車小屋付近は深いし、ちゃんと水路っぽいけど。ここは家畜たちが自由に水を飲めるように浅めで、水面が近い。

で、新しい藁を敷いたら畑に移動。畑の脇に作ってある堆肥《たいひ》や土を作るための場所に、古い藁を出して土にすき込む。他に米糠《こめぬか》とか落ち葉とか、混ぜているのは色々だ。

少し上の方に水田を作るつもりでいるけど、なかなか手が回らない。今は陸田《りくでん》だけど、やっぱり水田の風景に憧れる。日本にいる時は気にしてなかったのに、特にメール人のところで一面の麦畑と水路を見たら、水田が懐かしくなった。山だし、棚田になるのかな。一面の水田には遠いけど、少しだけ。

あんまり色々作ると、リシュとの散歩が山歩きじゃなくなっちゃうし。うちの山の中の風景は割と気に入ってる。

「あ、こんにちは」

久しぶりに畑に現れたパルに、リシュがちょっと不審顔。

「はい、こんにちは。畑は変わっていないようだね」

「おかげさまで」

精霊のいたずらを禁止したり色々あったけど、概《おおむ》ね無事です。

「こっちの空いた場所は何を植えるんだい？」

「トウモロコシです」

枝豆も植えたし、シシトウもセロリも植えた。この辺は俺が食べる分だけなんで少しずつ。

「キュウリも植えたんですけど、ここのはいいけど他の土地では失敗するんですよね」

ここはパルをはじめ、精霊たちが手伝ってくれるんで失敗は滅多にない。

育てるのの失敗は滅多にないけど、精霊がやりすぎてヤバいものができることがあるのはとりあえず置いておく。

島のキュウリがね、元気がない。ここと同じように水捌《みずは》けがよくて風通しがいいとこに植えたんだけど。

「ああ、これかい。来年はそっちのカボチャの苗と接木《つぎき》をおし」

「接木……」

根っこが丈夫な同系の植物に、弱い植物の実の生《な》る方をくっつけるんだっけ？　木ならともかく、キュウリの苗でやるの難しくない？

顔に出ていたのか、伸びてきたら下の方の葉っぱを取れとか、難易度が低い対策も教えてくれた。精霊に頼んで、蒸れないように風を送れとか反則も少々。最終的には俺じゃなくって、みんなが作れるように広げたいので反則は却下。

俺は人の作ったいろんな料理が食いたいの！

「あれ？　パル、強くなってる？」

パルの周りの野菜が、力を振るわれた風でもないのに元気になるどころか育ってる。いるだけでこれって、強くなってるよね？

「私だけじゃないよ。他も多かれ少なかれ強くなったはずさ」

微笑むパル。

「精霊って修行とかするんでしたっけ？」

自由で気まま、自分の好きなこと以外は拘らないのが精霊。ヴァンあたりは、拘りというか強くなることが存在意義に含まれそうだから、やっててもおかしくないけど。

パルが修行って合わない、何をするんだ？

「まあそういう時もあるのさ」

誤魔化された！


果樹園の手入れ。

花の終わった桃が小さな実をつけている。桃だけじゃなく、梅や梨《なし》、葡萄も。葡萄は房を整え、梅は伸ばしたくない枝の芽掻きをする。桃と梨は大きくしたいから、同じ枝になる実をいくつか取ってしまう。残した実に栄養がたくさん行くように。

小さな緑色の桃の実がたくさん。見た目は梅だな、もったいないからピクルスにしよう。

この時期は伸ばしたくない枝の芽を摘んだり、新しく伸び出した葡萄なんかの蔓《つる》を絡ませたい場所に誘引したり、樹形を整える作業が多い。木じゃないけどスイカも蔓の管理したしね、色々伸び始まる時期みたい。

俺が手入れを始めると、見様見真似《みようみまね》で精霊たちが同じことを始める。最初は必要な芽を摘んでしまったり、残したい花に何かをしていきなり大きさが5倍くらいになったりと落ち着かなかったけど、最近は普通にとても助かってる。

時々悪戯《いたずら》されるけどね！

「久しいの」

「おはよう、カダル」

綺麗な髭が伸びた気がする。

膝下まですると綺麗に流れて、真っ白で柔らかそうな髭。ちょっと触ってみたいんだけど、さすがに遠慮している。

「うむ。だいぶ安定したようじゃ」

そう言って、新しく伸びた若枝に手を伸ばすカダル。

安定っていうのは果樹園《かじゅえん》が？　それともカダルが？

「みかんの花の香りが甘露《かんろ》よの」

どこからか集まってきた薄い光が濃くなって、ハラルファが姿を現す。

花の香《か》はハラルファの好物だ。今はみかんの白い花があたりに強い香りを放っている。薔薇もそろそろだ。

木漏れ日の中にはミシュト、水路の流れを眺めるイシュ。ヴァンとルゥーディル以外の全員が姿を見せた。

ルゥーディルは日差しの中に出てくるのは稀だから置いといて、ヴァン以外は修行終わったの？　あまり変わっていない気がするんだけど。

まあ、俺も会わない間に成り行きでたくさんというか、エスの神々を名付けてしまったから、精霊的な意味では強くなってるはずだから、違いがわからないだけかもしれない。

「ところでリシュが噛んでいる、あれは……」

カダルが、木陰であむあむと縄を噛んでいるリシュを見る。見るというか、釘付けで目が離せないようだ。

「地の民からもらった縄です」

「……」

カダルが黙った。

やっぱり国宝的なものなのか疑惑。地の民たちがあっさりくれたので価値がいまいちわからない。ガラクタ置き場みたいな扱いをされてたあそこは、もしかしてやっぱり宝物庫だったんだろうか……。

地の民って、精霊の力で動く系の道具があまり好きじゃないっぽい。構造は一通り興味を持って調べるし、デザインには興味津々だけど。

リシュが齧っている綱は、素材はすごいけどデザインは普通の綱、というか地の民が作ったにしては粗《あら》いんだって。精霊が使うともっと長く太く、その分丈夫になる仕組みだそうだ。

——深く考えないことにしよう。リシュが夢中で遊んでるし、今さら取り上げられない。

それにしても、ただでさえ芽吹き始めのこの時期、薄い葉が光を通してとても綺麗なのに、神々の手伝いのおかげで周囲の草木がとても輝いて見える。土もふわふわに見えるし。

この風景を作ってる一端が俺だと思うとちょっと嬉しくて、果樹の樹形を手入れのしやすさより、形に拘ってみたり。上の方は手が届かなくなるけど、効率より取りたいものってあるよね、うん。

畑と果樹園の手入れを終える。広くはないけど狭くもない畑と果樹園の手入れが早く済むのは、確実に精霊と【収納】のおかげ。

家畜小屋の前で手入れの時に間引いた苗や葉、うっかり収穫時期を過ぎてしまった野菜を出すと、鶏と豚がやってきて、あっという間に食べる。

さて俺も昼。

キャベツどん！　レモンよし、タルタルソースよし！

唐揚げだ！　味は2種類。ニンニク入りとそうじゃないやつ。

ニンニクの方は、醤油、味醂《みりん》、酒、昆布《こんぶ》、香りのためにナツメグと簡単に。ニンニクなしの方は、生姜の皮とネギの青いとこで肉の匂い消しをしてから味付け。

ぐりぐりと揉《も》み込んだ肉を取り出して片栗粉にイン。片栗粉に水分が染みてくる前にさっさと揚げると、カラッとできる。

唐揚げだけの皿が出現した、雑な盛り付け。レモンをぎゅっとしていただきます。衣も含めてどこまでも柔らかいやつもあるけど、俺はカラッとざくっと派。衣が美味しいと思います！

噛むと肉と皮の間から脂が流れ出て、はふっとなったところを冷えた水で流し込む。

肉はジューシーですよ！　タルタルソースをかけて食べて、合間に春キャベツのちぎりを食べる。ニンニク入りはガツンと、もうひとつの方は食べているとほんのり胡麻油が香る。

醤油があって嬉しい俺。つい、勇者たちの食生活を想像してにやりとする。勇者たちが選んだ能力は戦い前提のものばかり。強さの先に何を求めてるのか知らないけど、俺は快適なのが一番だと思うぞ。

リシュと遊びつつ、少し食休みして水車の手入れ。水車の中は【収納】で毎回綺麗にしているんで時間はかからない。主に水路の手入れと、歯車なんかの点検。

米、小麦、大麦、ライ麦、粟、トウモロコシ、大豆。粉挽《こなび》きはやり始めると楽しいけど、ちょっと面倒くさいんで、1回で大量に挽く俺です。

【収納】でいつでも挽きたてだし。ああ、そうだ、メール人にもらった小麦を倉庫にしまおう。麦は米と違って半年以上、年単位で寝かせるのが普通だ。

いや、タイとかは米も寝かせるみたいだけど。パエリア用も年単位で寝かせた米だよね、もしかして新米を尊ぶ日本が特殊なの？　あ、でも焼きおにぎりは古米の方が上手くできるかな。

ゆっくり回る臼《うす》の上には、ロートみたいなものがあって、その先端から砂時計みたいにパラパラと穀物が落ちてくる仕組み。俺の仕事は詰まらないよう時々様子を見たり、できた粉を袋に落とすくらい。

それも精霊が面白がって手伝ってくれるんで、特にやることがない。強いて言うなら悪戯の見張りかな？

溝を突いてみたり、一緒に回ってみたり、臼を舞台に踊ってみたり。2匹が踊ってるところに、上からざばーっと多めの穀物を落としてみたりする精霊。

臼の傍ら、椅子に座って本を読む。窓があれば綺麗な緑を見ながらできるけど、あいにく俺の水車小屋に窓はない。粉がいっぱいなここで風が吹いたら大惨事だからね！

◆◇◆◇◆

快晴のカヌム。このあたりの天気は、晴れといっても薄曇りの時間の方が多いんだけど、初夏から夏にかけては気持ちのいい天気が続く。

挽きたての粉で昨夜仕込んだパンを今朝焼いて、焼きたてを朝っぱらからみんなに配り歩いてきたところだ。――【収納】に入れてあるのでいつでも挽きたてだけど、気分です。

俺も食べたけど、バゲットは小麦の香ばしい香りが広がって、美味しかった。

もう1種類、ライ麦の黒パンも。こっちの伝統に則《のっと》って発酵酵母《こうぼ》で作ってみたけど、発酵してるせいかちょっと酸っぱくなる。そして、放っとくとものすごく硬くなるんだけど、その硬くなったのが堪《たま》らないんだって、ディーンが時々力説してる。

そのディーンは寝てて、貸家で起きてたのはレッツェとカーンだけだったけど、共有の居間に籠《かご》ごと置いてきたので、他の3人も起きたら食べるだろう。

いい天気だけど、俺は屋根裏部屋のベッドの上。大福はさっき箱の中にいたのをこねさせてもらった。もう少し暑くなったら、箱じゃなくって隣の籠に入るんだけど、まだ大福的には寒いらしい。

さて、考え事だ。

カヌムの家は精霊避けをお願いしてる。俺が名付けた特定の精霊しか近づけない。精霊避けをお願いしてる精霊より強い精霊や、速い精霊が飛び込んでくる可能性はあるけど、精霊に会う確率は外より格段に低い。

メール人に倣《なら》って、自分の周囲に薄い空気の膜を張る。一応これで湧《わ》いて出る『細かいの』も平気。『細かいの』は意思の伝達方法ないけどね。

気づいちゃったから考えるけど、今の生活に不満はないし、どうこうするつもりはない。と、一応前置いておく。メール人の反応からして、俺の名付けた精霊は大丈夫っぽいけど、お知らせが行くかもしれないから念のため。

精霊って口にしたことだけじゃなくって、俺の思考も読むからね。まあ、正しく理解してるかどうかは怪しいところだけど。

さて、薄々いるのかな？　って思ってたけど、精霊を使って色々してるのがいるね。んで、他人に世界を作らせては壊してる。

目指してる世界は、俺が神々に望まれた物質と精霊がほどよく混じった世界なんだろうけど、具体的にはどういう世界なのかさっぱりわからない。俺に求めたことと、勇者に求めたことが同じとも限らないし。

もしかしたらソレも自分で目指してる世界がわからないのかもだけど。眷属がたくさんいる精霊なのか、精霊とたくさん契約してるルフとかなのか。

全部思い通りになってないってことは、全部の精霊をきっちり掌握してるってわけじゃないのだろう。俺が名付けた精霊も外れるみたいだし。

たぶん俺を守護する神々は、ソレと契約してる。海鳥くんと契約した時、レディローザとの繋《つな》がりを切らない実験をしたんだけど、俺と神々ってたぶんその状態なんじゃないかな。契約はしてるけど、もっと強力な契約者が別にいて、俺との契約を承認してる。

だから俺を今包んでる空気の膜は、リシュの眷属を選んでいる。リシュは俺がもう名付けてるからね。神々も名付けてしまいたいけど、全員揃ってるところがいいと思うし、さすがに全員一度に名付けるには魔力が心許《こころもと》ない。

なんか神々、強くなっちゃったし。契約者に魔力注がれてきたのかね？　最近は神々の守備範囲の外、地図に映らない場所にいる精霊にせっせと名付けて、神々の眷属からは外れるよう努力してたんだけど、バレたかな？

精霊は俺の心を読むし、神々を通して俺の思考はマルバレしてるんだと思う。別にバレても構わないけど。この世界では思う通りに好き勝手やってるだけだし。

こっちに来てすぐの頃に、あんまり喚《よ》び出した者――俺や勇者の行動に干渉したり、願い事をするのはよくないみたいなことを神々が言ってたんで、基本自由にさせてくれる気はあるんだろうしね。

ナミナが別人、もとい別精霊と入れ替わってるっぽいのが気持ち悪いかな。司ってるものもわかりやすく違うのに、精霊も神官もみんな入れ替わりに気づいてない。

でも、以前のナミナを慕《した》っていた者たちは、座布団をはじめ、神殿にいた精霊たち、パウロルも離れた。そう強い暗示でもない。

良いモノなのか悪いモノなのかさっぱりわからない。リシュが何か知ってそうだけど。うちの子、頭いいから。

やりたいようにやって、生きたいように生きる。それができる力をくれたことには感謝してるんで、束縛してこない限り、特に敵対せず共生でいいかなって思ってる。

地図に出ない場所に観光に行くのは趣味だし、そこで精霊に名付けるのは必要だし、向こうから飛び込んでくるのも多いし。神々じゃなくリシュと精霊ノートが強化されるのは仕方ないよね。

【転移】も【収納】も『食料庫』も使ってるから、神々も強くなってるはずだし、わざとじゃないよ。うん、仕方ない。

俺が強くなりたいのは、勇者にうっかり会っちゃった時のためだしね！　備えは大切だね。

たぶんナミナについては、俺の【縁切《えんきり》】と同じようなものを食らって、光の玉との違いに目を向けられなかったんだと思うけど、俺も今なら、城塞都市アノマの女神像を見ることができるかな？

光の玉は戦《いくさ》から生まれた精霊で、司ってるのは剣技と攻撃魔法、光属性なのに回復系は苦手。

一方、ナミナの眷属だった座布団たちの特性は、主に回復と癒し。

光と清浄《せいじょう》、処女神ナミナ――俺の見てたのが、最初から火の玉《アレ》ってことは、【縁切】の対象は俺だけじゃない。神々もかかってるくさいし、もっと広範囲なんだろうね。

考えられるようになったってことは、俺に【縁切】をかけたモノと強さのレベルが近づいてきたのかとも思ったけど、範囲が広いと効果が薄まるみたいな話だったたし、近づいてるのは確かだけど、どれくらいの力の差があるかは謎。

メール人たちには効いてないっぽいけど、城塞都市やカヌム、シュルム、俺を守護する神々クラスまで効いている。もらった地図に出ていた最初の範囲には大体効いてそうかな？

まあ、力量が近づいたら、力を奪われるとかありそうだし、精霊ノートを作って、せっせと分散させておこう。石になった風の精霊とか、リシュのことを考えるとありそうだし。

さて、何者かがいようといまいとやることは変わらない。釈迦《しゃか》の手のひらの上だったとしても、美味しいものを食う、人の料理を楽しむために食材を広げる、臭い街は嫌なんで衛生観念を広める。俺が大っぴらに快適な生活をするために、便利な道具を広める。綺麗な風景を見に、あちこち行く。

人の思惑や常識による圧力はスルーする。わざわざ世の中を乱す気はないけど、常識なんだから○○しなさいとか、貴方《あなた》がしないと各方面が困るのとか、そんな縛りはパス！

屋根裏のベッドの上、大きなお盆《ぼん》。お盆の上には『食料庫』から持ち出したコーラ、ポテトチップス、チョコレート、そしてタコをスライスした燻製《くんせい》。

あんまりベッドの上でものを食べる習慣がないというか、こぼしそうでしないんだけど、今はなんとなく怠惰《たいだ》にしたい。

厚切りザクザクポテトをパリパリ、コーラで流し込む。少しほろ苦くも甘い焼きチョコレートをサクリ。燻製タコをもぐもぐ。

うん、タコちょっとしょっぱいな、酒のつまみ用だ。あとで自分好みに作り直そう。

しょっぱいもの、甘いもの、歯応えの変化。喉を刺激する炭酸、飲み慣れた味。

怖い存在だけど、『食料庫』をくれた何者かには感謝しかないので、今のところ敵対する気はない。たぶん、神々じゃないよねこれ。神々を通してるかもしれないけど、どう考えても司ってるものとかけ離れてるのも混ざってるし。

何者かって、もしかして俺が最初にいた島の、山の中にいたんじゃないかな。【転移】で『家』に連れていかれたから場所がわからない。あちこち歩き回って思ったけど、あそこ『地図』に載ってない。

気候的にも地形的にも似たところがないんだよね。小さな島がいくつもあって、それなりに寒いとこ。北は寒すぎるし、北西はなんか地形が違うっぽいし。神々の影響地域は地図に載るはずなのに、ない。

元の世界の寿命と引き換えにもらったモノは、気づけば俺がサバイバル中に欲しいと願ったモノばかり。いやもう1人で生きてくなら絶対欲しいという切実なあれだったけど、聞いてたのかと思うほどスムーズにもらえたし。

考えることを奪われるのは嫌だけど、【縁切】は自分もしてるしね！　今のところ存在を暴《あば》くつもりも敵対する気もないので、そっとしておく方針。何かの流れでついでに探索できそうな時に、情報を拾うくらいかな。

とりあえずドラゴンの大陸の南端の、あの寒いところに最初の山はないっぽいね、みたいな。

おやつを食べ終え、活動開始。ゴロゴロしながらポテチ、美味しかったです。

「緑色の宝石の類って、どこが有名？」

再び貸家に遊びに来ました。

メール人の町にまた行く時のために集めとかないとね。居間にはハウロンとクリスという、ちょっと珍しい組み合わせ。

「緑っていうとエメラルドかしら？　鉱山は知らないけど、エスの大昔の女王が愛した石として有名だから、扱ってるのはエスが多いんじゃないかしら？」

「トルマリンやメノウも緑色があるよ！　私の故郷の周辺に出る魔物が落とすんだけど。でも、そう強い魔物はいない地域だから、大きいのは滅多に出ないかな？」

故郷のことだからか、嬉しそうに教えてくれるクリス。

「魔石なら、ハルム海峡の海の魔物からかしらね？」

この世界に出回っている宝石はほとんど魔石だ。

魔石は魔法に使ったり、神殿の結界を保つエネルギーに使ったり、使用頻度《ひんど》が高い。あんまり強い魔石は黒精霊の影響が強いから、手順を踏まないと危ないけど。

ちなみに、精霊の雫《しずく》、大きな天然石、魔石、小さな天然石の順でお高い。魔石の強さとか天然石の種類とかでも変わるけど。濁《にご》りのない大きな天然石は、純粋に希少価値があるだけでなく、精霊関係での使い道がなんかあるみたい。

「ハルム……。名前を出されてもピンと来ないです、大魔道師！」

どこ？

「エス川の東の海ね。大陸と大陸の間の狭い海よ」

ハウロンが俺の知ってる場所からの位置を教えてくれる。

「ああ！　イルカが出るとこ！」

「ピンと来なくても、行ったことはあるのね……」

視線を逸らされた！

ハウロンにハルム周辺の見どころを教えてもらった。思いつきで行って帰ってきたら、見逃してた感。

海には、岩同士がごっつんごっつんしているところとか、精霊が歌ってる場所とかがあるんだって。精霊が歌うってセイレーンみたいなものかな？　ユニコーンいるしね。

まあ、俺の島も適当に置いた音楽を奏《かな》でる石のせいで、北側に船が集まって観光してるし。

娯楽に弱いんだな、こっちの人。特に船乗りって陽気なイメージあるし。

「真面目に海路を行くとそんな珍しい場所が……」

「ちょっと、珍しい場所扱いしないで。あと、断崖絶壁があるから、普通は海路を行くしかないの」

「船って大変そうだよね」

ネズミとかご飯とか。

「視線を逸らされると別な意味があるんじゃないかと、ちょっとドキドキするよ！」

本能――じゃない、精霊の助けで真実に近づく男、クリス……！

絶対にハウロンに却下されるようなことを考えていたので、暴くのはやめてください。

「ビールと唐揚げをあげよう」

「ちょ、あからさまに話を逸らしたわね!?」

「気のせいです」

【収納】から唐揚げを取り出す。鳥だと見せかけてオコゼです。

「なんの揚げ物だい？　トカゲ？」

クリスが皿を覗き込んでくる。

そういえばオオトカゲを唐揚げにしたな。言い直そう、オオトカゲと見せかけてオコゼです。

「オコゼっていう白身魚《しろみざかな》だ」

「海の魚ね？」

さすが大賢者、よく知っている。

「うん。フグが爆発して浮いてきたやつをついでに拾ってきた」

「……どういうことだい？」

ちんぷんかんぷんっぽいクリスのために説明しよう。

「さっきハウロンから聞いてたハルムの周辺の海に、こんな魚の形をしたイルカっていう哺乳《ほにゅう》類《るい》が――」

「哺乳類？」

ハウロンが話の腰を折って聞いてくる。こっちの生き物の分類ではなんて言うの？　哺乳類じゃないの？

「えーと。乳《ちち》を出して子育てする背骨持ちの動物が――」

「哺乳類はわかるわよ。イルカは魚じゃないの？」

おっと、そっちか。

「イルカとクジラは哺乳類だよ――たぶん」

こっちの世界で確かめたことがないことを思い出し、付け加える。精霊いるしね、ユニコーンとかユキヒョウの友達の馬が哺乳類だとは俺も言えないし。

「ジーンは知ってることと知らないことの差が激しいね！　時々大賢者様の知らないことまでサラッと教えてくれる」

そして、俺の言ってることが事実だと素直に信じるクリス。

「いや、言ってて途中で自信なくなった」

「いいえ、よく考えると、ちょっと魚にしてはおかしいのよアレ。あとで調べてみるわ」

そして自分の目で確認しようとするハウロン。

「それは置いといて。イルカ――の魔物がフグっていう魚の魔物を放ってきて、それが爆発するんだけど、爆発する前に俺が打ち返してイルカがいる海で爆発したから、衝撃でぷかぷか浮かんできたのがコレです。熱いうちにどうぞ」

塩とレモンを添えて。ポン酢もいいかな？

「ちょっと待って、言ってることを整理するわ」

額を押さえて片手を突き出してくるハウロン。

「ごめん、説明下手で。でも待ってると冷めるから」

だってイルカが投げてくるって言おうとしたけど、イルカはトスするみたいに鼻先で突いてるだけだし。どう表現していいやら。

「説明のせいじゃないのだけれど……。でも美味しそうね」

ため息を吐きそうなハウロン。

唐揚げは【鑑定】さんのオススメです。小さめのオコゼは、捌《さば》いて頭と骨つきでカラッと揚げてある。

サックサクのパリッパリ。俺には背骨とか大きな骨は、ちょっと口の中に残って邪魔なんだけど、こっちの世界の人は歯応えがある方が好きみたいなんで。

香ばしい衣と小骨のパリパリ、ふわりと淡白《たんぱく》な白身。

「これは美味しいわ。すごく上品な味」

「このさらさらした脂は、魚の脂かい？　口の中が熱いけど、そこにこのビールが堪らないよ！」

こっちのビールは常温だけど、日本でＣＭを見続けた俺としては、ビールはきんきんに冷えているもの。もちろん冷やしてます。

時々冷えたものを出しているので、冷やす方法とかには突っ込まれなくなっている。冷え冷えプレートＥＸを作って、冷蔵庫というか冷蔵箱を作ったので、熱い季節どんとこい、だ。

「ああ、これも」

アイスを薄く削って器にこんもり盛ったもの。評判がよかったらアッシュに出すつもり。なお、冷え冷えを越してカチカチな冷凍プレートを作り、アイスを作ろうとして混ぜたものをこぼしました。プレートに薄く伸びて固まったのをヘラで削ったのがこちらです。

薄いからしゅっと溶けて、味は悪くないよ！　苺アイスクリームだよ！　失敗だからアッシュより先に食べさせようとか思ってないよ！

俺もアイスもどきを食いながら、２人を眺める。よく食べてくれるな？

神殿で回復したり、精霊の影響でもって効能を上げられた薬があるとはいえ、腹を壊して命を落とす者が多い世界。

最近、お茶の習慣が広まって、腹を壊す人が減ったそうだ。生水《なまみず》じゃなくって、煮沸してお湯を飲んでるからだろうけど、お茶が大変体にいいって爆発的に広まってる。

でも、ハウロンやレッツェをはじめ、俺の周りの人は「生水はダメ、沸《わ》かして飲む」って知ってる。経験則なんだろうけど、なんかこう知識の差が激しい世界だ。いや、知識というか、賢明さの差？

で、知ってるはずの2人が、俺の出した冷たいものを食べてくれている。冷たいものも腹を壊しやすいって知ってる2人。ビールも飲んでるけどね。

俺の周りはいい奴ばかりだ。

最初苦手だと思ってたディーンやクリスも。うん、顎精霊にも慣れたね！　最初は顎の割れ目を愛おしそうに撫でてる精霊に、どんな顔していいかわからなかったけど！

他の人には光の玉に見えてることがわかった時は、膝から崩れ落ちそうになったけど。

「ハウロン、ハウロンもクリスの精霊は光の玉に見えるの？」

大賢者ならばワンチャン！

「そうね、ちょっとキラキラしてる球に見えるわね。光の精霊なのはわかるし、よく見かける光の精霊よりキラキラしてるのはわかるわ」

「キラキラ……」

それだけなの？

「キラキラしてるっていうのは、強さ的な意味じゃなくって、性格。属性の細分化でそう見えるって言えばわかるかしら」

「ああ、光の中でも朝の光とか夕日の光とか」

納得したけど、違う。そうじゃない。

「そう。縁がある精霊、例えばディノッソの火の精霊は割とはっきり見えるけど」

「よし、クリスかディーンと縁を強くしよう！」

「精霊の話よ？　ディーンは火の精霊だから、精霊が隠れたいタイプじゃなければ、そのうち見えるようになるかもしれないけど」

ああ……ハウロンの4体の精霊に光はいなかったっけ？　ハウロン、光の精霊と相性そんなによくないのかな？

「すごいね！　見える人に聞いたことがあるけど、大きさだけ違ってどれも同じ球に見えるって言ってたよ！」

クリスが相変わらずのオーバージェスチャー付きで、キラキラした目をハウロンに向ける。

「へえ。ああ、そうだ」

「何かしら？」

「なんだい？」

「ちょっと飲んで待ってて」

ワインとつまみを出して、俺は作業開始。

描くのは——羊皮紙でいいか。インクは光と火に相性がいいやつ。ペンは購入したガラスペン。

俺の作業を眺めながら、２人がワインを飲む。しばし、俺の紙にペンを走らせる音だけが響く。

「それは精霊を見せる魔法陣？」

「弟が使ったやつかい？」

「クリスの弟くんが乗ったのは自分の精霊を見る魔法陣、これは人の精霊を一時的に見えるようにするやつ」

ユニコーンだと思ってたら白い馬頭《めず》みたいな精霊だった弟くん、元気だろうか？

「ちょっと。神殿の魔法陣はもっと大きいでしょう？　なんでそんなに小さいのよ。アナタのことだからそれでも発動するんでしょうけど」

「神殿で魔法陣はいくつか見せてもらったし、他でも色々見たから」

主に精霊図書館ですが。

余計なものは削ったり、長ったらしい文言《もんごん》が書いてあったところは、精霊図書館で覚えた記号に置き換えたりした。漢字で呪文《じゅもん》を書ければもっと短くなりそうだけど、精霊が読めないからダメ。

俺が魔力を込めて書いた漢字は、俺が名付けた精霊は読めるんだけどね。漢字が読めるというか、俺が書いた意図を読めるというか。

「よし、できた」

「魔力の通りも悪くなさそうね。ちゃんと発動することだけはわかるわ」

俺がぺろっと持ち上げた羊皮紙をハウロンがチェックする。

「ささ。ハウロン、使って使って」

「興味はあるけど、アタシでいいの？　普段精霊を見られないクリスの方がよくない？」

「見たければクリスの分も作るから」

「うん？」

微妙に納得できない顔ながらも、魔法陣の描かれた羊皮紙を受け取り、魔力を流す。

「ささ。クリスの精霊を！」

「うん？　……んふっ」

ハウロンが一瞬、梅干しが酸っぱかったみたいな口をして顔を背《そむ》ける。

よし！

「なんだい？　もしかして私の精霊も筋肉質の馬なのかい？」

ハウロンの反応に首を傾げて聞いてくるクリス。

「いや、可愛らしい小さな女の子の精霊だよ」

ただうっとりした顔で、ずっと顎の割れ目を愛《め》でているだけで。

こうして俺の気持ちをわかってくれる人ができた！　俺はもう慣れちゃったけどね！

「ちょっと！　どうするのよ、クリスが見られないじゃない！」

「大丈夫です。慣れます」

「慣れるまでどうするのよ！！！　慣れる頃には魔法陣の効果、消えるでしょ！」

ちょっと往生際《おうじょうぎわ》が悪いけど、精霊の姿がはっきり見えるお仲間です。ディーンのも見えるはずだから、帰ってくるまでここに居座るよ！

待っている間にクリスにも魔法陣を描く。

「おお？　これが君の見ている世界かい？」

「この魔法陣は火と光系の精霊しかはっきり見えないけどね、大体の精霊の形は見えてるよ」

「なるほど。――よろしく、私の小さな守護精霊」

キョロキョロと暖炉――火の精霊が溜まっている――と、窓――光の精霊がいる――を見て、近すぎて気づかなかったのか、最後に自分の精霊を見て挨拶するクリス。

「来てたのか。ただいま」

ほどなく帰ってきたのはレッツェ。ディーン、ディーンはまだか。

「お帰り、レッツェ」

「お帰り！」

「おう、ちっと荷物置いてくる」

俺とクリスの挨拶に、そう言って部屋に引っ込む。

そっと魔法陣を尻の下に隠す俺。ディーンとディノッソと執事の分は作ったんだけど、レッツェはきっといらないって言うと思う。そして見つかったらほっぺたの人権が危うい予感。

「うう」

ハウロンが机に突っ伏して時々震《ふる》える。

「そろそろ復活していいと思うんだけど」

レッツェにバレる前に。

「私は、精霊が見えてただ感動するだけなのだけれど、大賢者たる方はやはり色々考えてしまうのだろうね」

クリスは割れ顎愛精霊をそっと愛《め》でている。

クリスはすごくキラキラ感動して、嬉しそうにしている。たぶん角度的に、自分の顎のあたりに手があることしかわからないだろうけど。

他の精霊に興味はあるけれど、絶対挙動不審《きょどうふしん》になるからと、外に見に行かず、居間に自主的にこもっている。

クリスならたぶん、朝日の光の精霊とか、光の精霊系は全部見えるんじゃないかな？『精霊の枝』に行けば、色々な精霊がいるんで姿が見えるのもいると思う。

でもやっぱり本命は、ディーンに憑いている精霊。それ用に調整した魔法陣だからね！

「はっきり、自分の精霊もはっきり……」

「うん？　それは見えてたんじゃないの？」

それともクリスの自分の精霊？　何？

「見えてたわよ！　何かしてもらう時、魔力を渡した時、見ようと意識した時！　でも見ようとしなければ普段は淡い光の靄に包まれて、ちゃんとこの世界が透けて見えてたの！　こんなはっきりくっきり、ファンドールがエギマを踏んでるところなんて見えなかったのよ！」

がばっと顔を上げるハウロン。

ハウロンに憑いている精霊は、花弁みたいな髪を持つ華やかな精霊ファンドールと、赤い帽子に土色の肌を持つ小人の精霊、薄い青い衣の精霊、一反木綿《いったんもめん》みたいな精霊。

踏まれているのは一反木綿、これがエギマか。一反木綿じゃダメか？

城塞都市の副ギルド長の精霊も、憑いてる人の目を盗んでがぶがぶしてたし、精霊は結構ちゃっかりしてるというか、見えないのをいいことに、お茶目なことをしているんだな。

ファンドールもこれ、ハウロンに見えないと思ってやってるだろ。

そしてまた突っ伏すハウロン。

「透けないほどなのかい？　さすがは大賢者！　私は少し透けて見えるよ！」

クリスが手振りつきでハウロンに賞賛を送る。

魔力の大きさか、それとも普段すでに見ていたからか、どうやら魔法陣使用でも見え方に違いがあるみたいだ。はっきり見えるようにって魔法陣に条件入れとくか。

でも透過しないで視界を塞《ふさ》ぐのも不便だよね、ハウロンは4体も周りにいるし。俺も街中とか場所によって、どの程度見えるか調整してるし。

「そういえばカーンの迎えとかはいいの？」

ハウロンの背中に聞く。

「ティルドナイ王は、中原の某所《ぼうしょ》にしばらくいるわ。建国のため、必要なものを見極めに……」

「あったかくなったから活動してるのか」

寒いと暖炉の前から動かないもんな。

「お前にかかるとやたら庶民的になるな」

レッツェが居間に入ってきた。

「気のせいです。お疲れ」

「お疲れ様、仕事は上手くいったかい？」

「ぼちぼち。――俺よりハウロンが疲れてるみてぇだけどな」

机に懐いているハウロンにちらっと目をやって言うレッツェ。

「で、何があった？」

椅子に座って聞いてくる。

「ちょっとクリスの精霊を見てもらってただけです」

「お前、後ろ暗いことあるのすごくわかりやすいな」

レッツェにジト目で見られる。

くっ。敬語、敬語か。でもつい出てしまう……！

「クリスもジーンに話していいか、アイコンタクト取ってるしな」

「え」

クリスを見る俺。目が合った。

「ううう。庶民的でぽわぽわなのにアタシにダメージを与える……」

のそりと起き出すハウロン。

髪が乱れてますよ？

「バルモア……、ディノッソとノートを連れてきて！　アタシだけなんて納得いかないわ！」

「お、おう？」

レッツェの袖を掴んで必死の形相《ぎょうそう》。

最近はディノッソ本人の希望でディノッソ呼びだが、時々バルモアの名が出る。ノートも影《かげ》狼《おおかみ》は不穏なのでノート呼び。いっぱい名前があるとややこしいし、有名人だからいらない注目を集めることもあるしね。

あとついでにハウロンの別人格のリンリン、あれも俺に精霊語を試すのに適当に口にしただけだった。もう厳格な方はリンリン老師で覚えたから、今から変えるの無理。

ちなみに、あれからリンリン老師に何度か会ってる。ただ、すぐにハウロンになるんで、あんまり話したりはしてない。

「ディーンが帰ってくる前に早く……っ」

そうして力尽きたハウロン。

「また突っ伏した」

「何したんだお前……」

ハウロンにクリスの精霊を見てもらっただけです。本当です。

「私は嬉しいくらいだよ？」

クリスがフォローしてくれる。

で、腰の軽いレッツェが、指名の２人を呼んできた。さては、積極的に巻き込んでいくスタイルだな、ハウロン！


「何だ？　碌《ろく》でもねぇことに巻き込む算段だって聞いたが？」

「まだレッツェ様も詳細を把握しきれていない様子、何事ですかな」

そして積極的に巻き込まれに来た２人。

「本日はこちらです」

小ヤリイカに野菜を詰めたやつのオーブン焼き、牛肉コロッケとカレー味のコロッケ、白インゲン入りのミネストローネ。ワインとパン。

今日はずっとおやつを食いっぱなしだったので、俺は昼抜きだったりする。ハウロンとクリスもずっと飲み食いしてたし、単体でつまめるものにした。

ミネストローネは栄養の偏りの是正《ぜせい》用。俺も今日はジャンクなものばかり口に入れてたし。

「そしてこちらです」

魔法陣を差し出す。

「魔法陣？　虫除《よ》けか？」

「あれは羽虫にも効いて、重宝しております」

ディノッソと執事。

そういえばルタ用に虫除け作って、ついでに配ったっけ。下水の虻《あぶ》やらは、日数をかけて綺麗に退治された。虫だと卵を見逃すことが多いらしくって、卵が孵《かえ》る日数分の間を置いて、もう1回やったらしい。

この季節、羽虫は普通にたくさんいて、鎧戸を開けると入ってくる。別に刺したりはしないけど、顔についたり口や目に飛び込んできたりと鬱陶《うっとう》しいやつだ。

「1回使い切りよ。もうアタシとクリスは使ったわ」

微笑みを浮かべて2人を見るハウロン。

「使わないという選択肢は？」

笑顔を貼《は》りつけたまま平坦な声で執事。

「アンタ、何か企《たくら》んでないか？」

ディノッソがハウロン相手に、縦皺を眉間に作って、半眼になってる。

「信用ないわね。これはただ、一時的に精霊を見るための魔法陣よ。仔細《しさい》にね」

肩をすくめてみせるハウロン。

企《くわだ》ての否定はしてないね！

「碌でもねぇ予感がするな」

レッツェが魔法陣を1つ手に取る。

「あ。レッツェはやめておきましょう？　この精霊たちの事件に、アナタまで巻き込むつもりはないわ」

そっとレッツェの持つ魔法陣を手で押さえる。

「精霊関係か……。毎度レッツェに解決してもらってるしな。せめて精霊関係くれぇは、こっちがやらなきゃしょうがねぇな」

「レッツェ様よりは、私どもの領分でありましょうな」

2人がそれぞれ魔法陣に手を伸ばし、潔く発動させる。

「ふ、ふ、ふ」

俯《うつむ》いたハウロンの口角が、にやっと上がる。

「何⁉」

それに気づいたディノッツソ。

「ふふふははは！　かかったわね！」

ハウロンが声を出して笑う。

「何が目的か知りませんが、ヘタをすればレッツェ様も巻き込まれておりました……。以降、手助けが得られなくなる覚悟ですかな？」

平坦な声だけど、言っていることが微妙に脅迫《きょうはく》。

レッツェ、みんなに頼られてるなあ。

「いや、まあ。俺は魔法陣、使えねぇし。どんなもんか見ようとしただけだぞ？　クリスがずっとそわそわしてるし、事件というより、本当に碌でもねぇことな気がしてるんだが」

うん。だからレッツェの精霊剣は、自分で魔力を吸える蔦ちゃんを渡したんだし。まあ、魔力を吸う術式を組み込んだ魔法陣なら、レッツェも使えるだろうけど。だったら魔石から吸う方式でつけた方が便利かな？

「私にとってはステキなことだったから、普通に勧めればいいと言ったんだけれどね」

申し訳なさそうに言うクリスは、レッツェが2人を迎えに外に出た間に、ハウロンに口止めされてた。俺もだけど。

そしてその顎を撫でている精霊。

「ぶ……っ！」

「……」

一拍間を置いて、噴き出すディノッソ、表情を消す執事。

「どうした？」

2人の様子に怪訝《けげん》そうなレッツェ。

すっと顔を背けて答えない執事。口元を押さえて前屈《まえかが》みになってるディノッソ。

「おっと、揃ってんな！」

そこにディーンが戻ってきた。

「お？　俺の分もある？」

机に並んだ料理を見て、俺に聞いてくる。

「あるよ」

「おう！　と、っと。手ぇ洗ってくるぜ！」

荷物を床に投げ出し、席に着こうとして思いとどまり、中庭に向かうディーン。

「あ、みんなはもう少し食べられるか？」

ハウロンとクリスは俺と一緒にだらだら食べてたからあれだけど、他の4人はもうちょっと量が多くてもいいかな？

「いや、俺はこれで十分だ。食ったあとに、酒のつまみは欲しいかな？　長くなりそうだからな」

レッツェ。

「私もこれでたくさんだよ。ジーンの料理は美味しくて、もっと食べたくなってしまうけどね！」

クリスもオッケー。

「アタシもいいわ。酒の肴《さかな》はこの2人ね」

上機嫌のハウロン。

「お前ら……っ！」

ディノッソが恨みがましい目を向けてくる。

「これが目的でございましたか……」

こっちを見ない執事。

「ちょっと俺の見ている世界を見てもらいたかっただけです」

悪気はない、ただ巻き込みたかっただけです。

ディーンには早くブーツを脱いで欲しいね！

「炎のドラゴン……。見ることができて光栄だよ」

どこかうっとりと、ディノッソのドラゴンの精霊を眺めるクリス。

「ああ、俺の相棒だ」

嬉しそうにニヤリと笑うディノッソ。少し背筋が伸びて胸を張っている。

「……表情《かお》がそっくりですな」

「うぐっ」

「ごふっ」

執事の呟きに、空気を飲み込むディノッソとハウロン。

言われてみれば、顎を撫でてる精霊とクリスの表情は似ている。執事、冷静だな!? 笑いの沸点《ふってん》高すぎじゃないか？

「影狼は外せばよかったわ……」

小さく呟くハウロン。

「俺もちょっと見てぇな」

机に頬杖をついてやりとりを眺めるレッツェ。

「一時的なものだし、ちょっと見てみるか？」

「本当に一時的なら頼む。ちっとハウロンたちの反応を見ると迷うとこだが、どんな世界なのか、一度見ておいた方が対応できることもあるだろうし」

「はい、はい」

大福も見よう、大福も。

早速魔法陣制作に必要な一式を出して、描き始める。えーと、今のは魔力を通した人に見えるようにだから、変えるならこの辺か。

「そこで簡単に要望に応えられるのね」

ハウロンが疲れた感じの声を出す。

「おう。今日の飯はなんだ？」

ディーンが上機嫌で戻ってきた。

最近外から戻って飯を食う時、ディーンがちゃんと手を洗う。俺がいる時だけかもしれないけど！

「コロッケとミネストローネ。腹減ってるなら肉もつけるぞ？　でもちょっと待って」

「ゆっくりでもいいぞ。でも肉も頼むわ」

ディーンが椅子に座って、ハウロンとクリスが食べていたつまみに手を出す。

俺は魔法陣をカリカリ描き上げる。

「で？　なんでハウロンは疲れてるんだ？」

もぐもぐしながら軽い感じで聞くディーン。

「なんでかしらね？　何してるのかしら、アタシ。アタシより疲れる人を作りたかったのかしら……」

答えるハウロンはダメな感じ。

「賢い人は悩みも多いって言うしな。バルモアでも手に余るなら、俺じゃ役に立たねぇだろうけど、助けになれることがあるなら言ってくれ」

ディーンはさらりと人に助けの手を伸ばせる男。

「脇にトカゲを挟んでいいこと言わないで！　どう反応していいかわからないわ！」

ハウロンが顔を覆って泣く。

トドメを刺す男でもあった。まあうん、脇に挟まれてというか、挟まって脇の下を舐《な》めてるトカゲですね。小さめだし、正面から見ないと筋肉に阻まれてよく見えないけど。

盛り上がった胸筋《きょうきん》と二の腕の筋肉がいいトカゲ隠し。ハウスのように納まってて、時々ちょろりと出てきたりするトカゲくん。火の精霊にトカゲ型は多くて、こっちでもサラマンダーって種族？　種類？　の名前がついてる。

「トカゲ……？」

不思議そうに首を傾げるディーン。

「できた！　で、コロッケと肉ね」

でかいジョッキに入ったビールと料理を出す。ディーンには約束通り肉付き。

「おう、待ってました！」

そして飯に気を持っていかれるディーン。

「あちっ！」

コロッケをがぶっとやって、口の中が熱かったようだ。それでも美味しそうに食べるディーン。

こっちにもコロッケっぽいものはある。小さい俵《たわら》型で、具はジャガイモじゃなくって穀物の粉と肉を合わせたようなのが多い。場所によって色々。ちょっと不思議。

「……ジーンは見慣れているんだねぇ」

噴き出しはしないけど、クリスの目はトカゲに釘付けになったたままだ。

ディーンのトカゲはもともと笑う方向よりも、引く方向かもしれないけど。火の舌でチロチロ脇を舐めてるんだもん。ブーツはブーツで女の子型の精霊が嗅いでるし。

「やべぇ、どう反応していいかわかんねぇ……。俺の精霊、ドラゴンでよかった、いや、変な性癖なくってよかった」

ディノッソがショックを受けている。

「情報量が多すぎますな」

執事は時々目を逸らしている！

ハウロンは撃沈《げきちん》したままだ！

「食べてからでいいか？　この魔法陣を使ったら、落ち着いて食えなくなる気しかしねぇ」

「うん」

レッツェに言われて頷《うなず》く俺。確実に食ってからの方がいいと思う。

「やっぱみんながおかしいのは、その魔法陣のせいか？」

「うん」

ディーンに聞かれて頷く。

「そこは素直に認めるのね……」

ハウロンが口を挟んでくる。俺はいつでも正直ですよ！

「ディーンも飯食ったら使う？　今ならディノッツォのかっこいいドラゴンの精霊が間近で見られる特典がついてるけど」

「使う！」

さすがファン、これだけ怪しい状態だっていうのに即答だった。そして嬉しそうに肉に手を伸ばすディーン。

「お前……、まあいいか。このコロッケってての美味いな、もう1つくれるか？」

「牛肉の方かな？」

レッツェの手にあるのは、パン粉がデカくてザクザクしてるやつ。カレー味の方は細かいパン粉でちょっとしっとりな感じ。

「これ、こっちの衣でも作れるか？」

「作れるよ？」

「金払うからあとで頼む」

レッツェ、コロッケは細かいパン粉派か。


「さて。俺にも使えるのか？」

レッツェが飯を食べ終え、魔法陣を手に取る。

「使える、使える。そこ、ぷっちって押して」

使えるようにした。

「こうか？」

俺が押すように促したのは、魔法陣の端にちょっと盛り上がった丸印。

「って、もしかしてごろっとするの魔石か？　高ぇのに……」

「小さいやつだし、そう高くないぞ」

魔法陣用の厚めの羊皮紙に、薄く削った羊皮紙を重ねてある。中には魔石から魔力を吸収するいつもの魔法陣と、発動させたい魔法陣への誘導の回路図みたいなの。その回路図を含めて魔法陣なんだろうけど。

で、その2枚の魔法陣の間には小さな魔石があって、押すと魔力を吸収する魔法陣に魔石がくっつく仕組み。

「器用ねぇ」

ハウロンは改良バージョンの魔法陣を矯《た》めつ眇《すが》めつしている。

「じゃ、俺も」

ディーンが普通の魔法陣に手を伸ばす。

「ようこそ、精霊の顔が見える世界へ」

なかーま！

「さすが格好いいな」

「これが王狼《おうろう》バルモアの炎のドラゴン！」

2人ともまずはディノッソのドラゴンだったらしく、目が釘付け。

ディーンの目がキラキラしてる、夢の世界だな。でも、すぐに現実に気がつくことだろう。

「うん、私も感動したよ」

「ああ――!?」

クリスの方に目をやったディーンが固まった。

「？」

それを追ってレッツェも。

「そう。はっきり見えるのはいいことばかりではないのよ……」

ハウロンが口の端を歪めて笑う。

「あー。まあ、可愛らしいもんだな」

珍しく視線を泳がせるレッツェ。

「……布？」

そしてハウロンの精霊が視界に入ったらしい。

「一反木綿みたいだよね」

「いったん……？」

思わず口にしたら、ハウロンが不思議そうな顔。

「俺がいたところにそういう妖怪《ようかい》——魔物がいたんだ。布の魔物」

「ふうん？」

いまいち納得いかないような雰囲気。

「ディノッソの旦那の精霊は思い描いていた通りだな。大賢者様は4体もいるのか、巷《ちまた》の噂じゃ3体って話だったがな」

レッツェが言う。

「アタシには秘密が多いのよ。今回1つバレたわね」

気だるそうにウインクするハウロン。

頷くディーンたち。

「……」

3体説だったの？

「秘密が秘密じゃない人もいるわねぇ」

俺の方にちらりと流し目。

「俺の精霊はトカゲと女の子か。伝説の方たちと比べるとだいぶ小さいけど、2体！」

嬉しそうに笑うディーン。

「伝説か――」

レッツェが視線を執事にやると、執事が笑顔で会釈《えしゃく》する。

小さく肩をすくめて追及しないレッツェ。執事にも蕪《かぶ》を逆さにしたような闇の精霊がいるんだが、俺が糠漬《ぬかづ》けにしたせいか姿を見ない。

今考えると人から姿を隠す系の精霊だったのかな？　それを俺が掴んじゃったから、警戒して寄ってこないんだと思う。壁の陰とか屋根の上とか、俺の視線から物理的に姿を隠してるっぽい。精霊に対して物理的って変だけど。

たぶん精霊の視界で見ると、建物とか物理的なものは透けて見える。俺が透けて見える精霊の後ろに隠れようと思わないのと同じで、精霊もそれらに隠れようとは思わないんじゃないかな。

だから、たぶん隠れてるのは執事の指示だ。精霊に隠れ方を教えただけかもしれないけど。

ハウロンの精霊も1体は姿を消す系なのかな？　それで3体って思われてたとか？

「つーか、俺のトカゲがずっと舐めてるんだけど。これ何？」

「フェチ？　あと精霊って、自分が執着したものしか味がしないらしいから……」

つい視線を逸らして言い淀《よど》む俺。

5人のうわぁという顔がディーンに向けられる。

火トカゲは、フライパンとか鍋の底についてる煤《すす》が好きなやつが多いんだけどね。ディーンに憑いてる火トカゲくんは、どうしてそれに興味向けちゃったんだろうね？

幸い喋らないからあれだけど、「うーんデリシャス！」とか「塩味が堪らない」とか思ってるんだろうか。

「ディーンはきっと、匂いフェチ精霊に好かれる体質なんじゃないかと思う」

視線を逸らしたまま言う。

「匂いフェチ⁉」

脇にいる火トカゲくんを見て、一瞬固まり、下を見て、ブーツにくっついてる女の子の精霊を見るディーン。

目が合ったことがわかったのか、笑顔に見えないこともない火トカゲくん。ちょと嬉しそう。

憑いてる人のことは好きなんだよね。

火トカゲくんをはじめとした精霊たちと、周囲の人族の表情の対比が酷い。

「あ、大福」

白くて柔らかそうな猫の姿をした精霊が、尻尾を上げて俺に体を擦りつけるようにして通り過ぎていく。

向かったのはレッツェの膝。

「ああ、坑道《こうどう》にいた……。住み着いてたのか！」

ディノッソが大福を見て言う。当然ながら視線はレッツェの膝。

大福は気が向くと人に姿を見せてくれるけれど、煩《わずら》わしいのか、見えないようにしていることが多い。

「ああ、本当にジーンが作った大福にそっくりだね。見られないと思ってたから嬉しいよ」

にこにこしているクリス。視線はレッツェの膝。

「久しぶりにお姿を拝見しました。もっと大きかった記憶がございますが、姿を自在に変えられるのですかな？」

執事、視線はレッツェの膝。

「柔らかそうだな。レッツェに懐いてるのか？」

ディーン、視線はレッツェの膝。

「時々来るのはこの子なのね」

ハウロン、視線はレッツェの膝。

「時々お前らが俺の股《また》やら、アッシュの膝やらを見てる理由がようやくわかった」

仏頂面《ぶっちょうづら》で言うレッツェ。

バレてた⁉

「まあ、視線が何かを追ってここに落ち着くし、アッシュは妙に緊張した顔で膝を上げているし、なんかいるんだろうなとは思ってたが。そうか、これか」

そう言って、太ももの間に収まった大福を見る。

大福は表に出ている白い毛の下に、薄灰色のアンダーコートがある。白い生地から餡子《あんこ》が透けて見えるみたいな配色で、とても和菓子の大福っぽい。お鼻と肉球はピンク、長い尻尾、柔らかそうな体。時々こねさせてもらうと、実際柔らかい。

アッシュには光の玉形状と猫形状を、気分で見せていたらしい大福。しかも大福は自分で体を支える気がない寝方をするので、閉じた足の膝側を持ち上げて、プルプルしているのも時々。手で支えようとするんだけど、触れないみたい。たぶん大福に遊ばれてる。そういうわけでアッシュのところにいる時は、膝の上。レッツェのところにいる時は、足の間だ。

レッツェにこしょこしょと顎の下を掻かれて、ごきげんな大福。レッツェの猫の扱いが上手いって言ってたのは、クリスだっけ？

「……触れるのか」

撫でておいてびっくりするレッツェ。

「え、この魔法陣そんな効果まであるの⁉」

気だるげに魔法陣を眺めていたハウロンが、目を剥いて手の中のものを見直す。

「いや？」

ああでも、描いてる最中、相性がよくなるように願ったから？

「とりあえず、ジーンがどんな世界を見てるかは、なんとなくわかった。こう見えてちゃ、まあ……。まだ混乱していない類だったんだな」

レッツェがしみじみと言う。

そうなんです、精霊の世界、なんかファンシーで自由なんですよ！

真面目な話をしてる時だって、精霊が顎にうっとりしてたり、脇を舐めてたりしてて、すごく辛《つら》かった。

慣れたけど。

最初は視線を外すために、下を向いたりしたんだ。向いた先にディーンの匂いフェチがいたけど。

今、ディーン以外が俺と同じ目に遭ってるっぽいけど、ディーンの足にいる精霊を、たぶんただの足フェチ精霊だと思っている気配。違う、違うぞ、その精霊はディーンがブーツを脱いだ時こそ真価を発揮《はっき》するんだ……っ！

ディーンはディーンで、火トカゲくんが気になって気になって仕方がないみたいだけど。視界の端でちらちら舌が伸びてたら気になるよね……。そこは目を逸らそう。

いや、待て。

「『まだ』混乱してない類って、俺が変だったってことか？」

確認したら、視線を逸らしたレッツェ。

「ひどい……っ！」

なるほど、とりあえず壁の方に視線を向ければ、人に憑いている精霊はいない。と、思いつつ文句を言う俺。

「これだけ見えて、あれだけ高位の精霊に日常的と言っていいほど会ってたんじゃ、価値観もおかしくなるわよねぇ」

クリスの顎、ディーンの脇、レッツェの膝へと視線を送り、小さなため息を吐くハウロン。

「それ精霊が見えない状態でやったら、ちょっと変態っぽいです、ハウロン」

「見えるんだからいいでしょ！　というか、うっすら光る球体としては認識してたのよ！　これから球体を見ても、憑いてるところによってはあらぬ想像をする羽目になるわよ！　どうしたらいいの！！！」

最初は俺に向けた文句だったのに、後半はなんか混乱して誰にともなく叫ぶ。ハウロンお爺ちゃん、しっかり！

「……シヴァのは時々はっきり見えるし、大丈夫、大丈夫のはずだ。子供たちの精霊も大丈夫……力を使う時は光って見えねぇ……。フェチを堪能してる時に見えてなかったらどうしよう……。というか、精霊ってこんなにずっと見えてるもんなの？」

ディノッソは頭を抱えている。

「旦那は家に帰りゃ、確実に精霊がいるのか……。大変だな」

同情の声をかけるレッツェ。

「ディーンの精霊はちょっと特殊かもしれないけれど、私は自分の精霊に会えて嬉しいよ！」

自分の精霊を優しくエアなでなでしながら、きらきらしているクリス。

触れないのか。精霊の強さと性質にも因《よ》るのかな？　ディノッソの炎のドラゴンも強い精霊だけど、触れないっぽいし。

「俺の精霊は特殊かもしんねぇけど、お前の精霊もだいぶ特殊だからな……？」

ディーンが半眼、低い声で言う。

「旦那のドラゴンは格好いいし、ハウロンの精霊も変わってるが――いや、4体中2体は俺の想像していた精霊っぽいぞ。――いや、うん。大丈夫だろ」

最後に視線を逸らすレッツェ。

話している途中で、ハウロンの赤い子が一反木綿を踏んでいる現場を目撃したようだ。今のところ半数以上が、変な性質を持っていることに気づいてしまったんだな？　さては？

「レッツェ、お前、慰《なぐさ》めるならもっと自信持って！」

がばっとこっちを見るディノッソ。諦めて。

なんてやってるところにノックの音。

「書き置きをしておりましたので、アッシュ様がいらっしゃいましたかな？」

そう言って、執事が扉を開けに行く。

アッシュは熊狩りにでも行っていたのだろうか？　熊絶滅しない？　大丈夫？

「お邪魔させていただく。――どうかしたのか？」

「いらっしゃい。精霊をよく見られる魔法陣を作ったんで、みんなに見てもらってた」

アッシュのために席を作り、迎え入れる。

執事が扉を開けた時、外に執事の精霊が一瞬見えた。アッシュにつけていたのか、ずっと外に隠れていたのか、どっちだろ。

「食事はまだ？」

「ああ。すまない」

答えを聞いている途中で、コロッケを出す。新しいグラスにワイン、焼きたてのパンも。いつもおかずを食べ終えても、ディーンはワインのつまみにパンを食べ続ける。その手が止まってたんで、まだ籠にあるんだけど。

で、アッシュにも魔法陣を使ってもらいました。

「ふむ。精霊の世界は、他者の目を気にしていず、純粋で自由だな。まるでジーンのようだ」

無表情に言い切るアッシュ。

俺⁉

「強いわねぇ……」

「この赤裸々《せきらら》な世界に小揺るぎもしねぇ……」

伝説2人組が呟く。

アッシュ、もうちょっと動揺してもいいんだぞ？

カヌムでそれぞれの反応を見て満足した俺。精霊の世界はなかなか一筋縄ではいかない。とても綺麗な世界を作ってる精霊もいるけどね。

でも綺麗さに見惚《みと》れていると、黒山ちゃんの精霊世界のように、迷って戻れなくなる場所も多そう。俺も気をつけよう。

『家』に戻って腹ごなしにリシュと散歩。ずっとダラダラ食べてたけど、微妙に食べた気になってない、変な腹具合。お茶漬けでもするかな？

鮭《さけ》とたらこを焼く。胡麻を炒《い》る。しばらくしたら鮭の皮を剥がして、塩を振って別に焼く。皮の焼き加減は難しい。焦がさず、ぱりっとするように。

ぱりぱりになった鮭の皮をさくっと齧りながら、焼きたらこを適当な大きさに切る。全部はさすがにしょっぱい、残りはまた次のお茶漬けの時に。鮭も今回ちょっと多いかな？

ご飯をよそって鮭をほぐす。焼きたらこを載せて、【収納】から使いかけの山葵《わさび》を取り出し、ちょっと擦《す》って添える。海苔を揉んで散らし、仕上げに胡麻。

出来上がったお茶漬けをさらさらやりながら、明日の予定を考える。どうしようかな？　魔法陣はまだ残ってるから、島に行ってパウロルお爺さんに座布団見せようかな？

でも永続的なやつじゃない。精霊を見ることにだいぶ期待値が高いみたいだし、何か記念日的な時に贈ろうか。あふんな階段とかどういう反応するんだろ。

よし。畑の手入れをしたら、地の民のところにわんわんの小屋がどうなったか見に行ってみよう。

お茶漬けを食べ終えて、食器を洗い、食休みしたら精霊に名付ける。精霊のノートに任せておいてもいいんだけど、たまに直接名付けてる。コーヒーを飲みながらしばらく続け、風呂に入っておやすみなさい。

3章　ドラゴンの魂のありか

「おう！　島のソレイユ！　よく来た」

「島のソレイユ！　よく来た」

「よく来た！」

地の民は相変わらず。

代表者——大体ガムリが一言言って、誰かが繰り返したり、補足したりして、最後は周囲にいる地の民が唱和《しょうわ》する。

「こんにちは、犬小屋どんな感じ？」

「上々だ！　赤銀の谷と硫黄谷でも作業をしている」

「赤銀の谷は屋根の細工がいい」

「硫黄谷は細密な彫刻が得意だ」

「とてもいい」

どうやら得意分野で分業しているらしい。

ガムリは見分けられるようになったんだけど、相変わらず地の民は顔の見分けが難しい。体型はみんな似たように見えるし、何より毛が多い、毛が！

ずんぐりした体に、色味を抑えた丈夫そうな服。なぜかスケイルメイルっぽいチョッキを着けてることも多くって、ますます体型の違いが隠れる。地の民のおしゃれなのかな？

顔だけで判断することになるんだけど、毛と髭がね！　鼻から下は一体になってたりするね！　みんなデコは出てるから、目から上で見分けをつけることになる。いや、髭の三つ編みとかで判別できるのかな、これ。

「小屋はまだだが、島のソレイユよ、これはどうだ？」

「これはどうだ？」

「どうだ？」

そう言って、俺の前に布の敷かれた盆を運んでくる。

「凄まじく硬いが、美しい」

「防具にもいいが、美しい」

「美しい」

載せられているのは、美しい透彫《すかしぼり》が施されたドラゴンの鱗。

黒いドラゴンは鱗というより蟹の甲羅みたいな外殻だったけど、加工されちゃうとわからないね。オレンジの方のドラゴンは鱗タイプだったけど、1個の鱗がでっかいから、両手に持てるサイズだと鱗かなって。実際、端っこの鱗と言えなくもない小さな部分で試し彫りしたんだろう。

それにしても、ドラゴンの鱗の防具ってファンタジーだけど、やっぱり硬いんだ？　外殻もまだまだ量があるはずだし、そのうち防具も作りそう。

「小屋にこれも使いたいが、どうだ？」

「壁に嵌め込むのは、どうだ？」

「入り口の左右に配置するのは、どうだ？」

「どうだ？」

「うん、色も黒いし、いいんじゃないかな？　模様は少し、川の流れも入ると嬉しいかも？」

流水紋《りゅうすいもん》っていうのかな？

素材にって持ってきた黒いドラゴンの外殻は、今回美しい工芸品——美術品かな？　になり、地の民たちは、どうやらわんわんの小屋にも組み込みたいらしい。

隅々まで磨《みが》かれた外殻は、濃い黒水晶みたいで、同じ黒でも黒檀《こくたん》とはだいぶ違う。真っ黒な小屋の中でもいいアクセントになると思う。

施された透彫は、花と葉が絡み合った意匠《いしょう》。でも、わんわんならエス川の模様が入った方が喜ぶだろう。わんわん自体を表すなら嵐だけどね。

「あ、あと俺にこれで、壁にくっつけるタイプのランプシェードを作ってくれると嬉しい。4つ頼む」

エスで売ってた、黒いアイアンのランプシェードを思い出す。ゲーム部屋にくっつけよう、そうしよう。

「心得た。これと牙の彫り物は島のソレイユが持ってゆけ」

「心得た。もともと島のソレイユのものだ、持ってゆけ」

「心得た。持ってゆけ」

「ありがとう」

お高そうな工芸品を手に入れた！

牙の彫り物は優美に弧《こ》を描いた一輪の花。葉が茎を包むように絡み、白い花は清楚《せいそ》に見えるが、どこか艶《なま》めかしい。

牙は塔に飾って、外殻は4つ追加でもらえることが確定したし、ソレイユにやろう。もっと大きなドラゴンの大きな牙なら、多層球作ってもらえるかな？

赤いドラゴンも早く解体して、何か作ってもらおう。あの夕日を映したような鱗、綺麗だったし。それに牙の方も先に赤く色がついてた気がするんで、花が色づいたのができるんじゃないかな？

この時はそう思ってたんだけどね！

◆◇◆◇◆

島の塔の、コレクションを並べることにした棚に、牙の花を飾りに来た。

塔のこの部屋は、何階かぶち抜きで天井が高い。塔自体は狭いので、壮観というほどではないけど、上まで棚の伸びる様はなかなかいい感じ。途中の空中回廊《かいろう》と精霊灯もいい仕事をしている。地の民のセンスいいなあ。

すでに飾ってあるドラゴンの外殻を少し奥にずらし、加工なしの黒い金属のような牙を2つ、魔石を1つ、牙でできた白い花を1つ。棚の同じ区切られたスペースに。

黒いものに囲まれ、花はより一層艶めかしく白い。微かな『細かいの』の気配、竜の気配、それにこの牙にかかった失われた命の気配。元を知っているせいか、色々想像する。

黒く染まった牙でも中は白いのかと、地の民が彫った花を見ながら思う。黒精霊に全てが侵食されたわけじゃなく、一部元の色が残ったのかな？

黒いドラゴンっていっても、最初に見た黒精霊に憑かれていないやつは爪や牙が白かった気がするし。個体によるのかな？　オレンジのやつは、爪にも牙にも先にほんのり色がついてたし。

うん。なかなかよくディスプレイできた。

後ろに飾った外殻、これも綺麗に磨けば、地の民が作ってくれた透彫と同じく、少し透明感のある黒になるんだろうか。真っ黒かな？　今は綺麗に洗浄してそのまま飾ってあるんだけど、細かな傷がいくつもあって、ドラゴンの生きてきた年月を感じさせる。これはこれでかっこいいんでこのままにしとこう。

魔石の中でも綺麗なやつ、カーンの宝物庫からいくつかもらった大昔の金貨、地の民にもらった綱の切れ端、土偶にもらった巨木の枝の輪切り、いい感じの棒――棚の空きはたくさんあるけど、いつかいっぱいになるといいな。

ちょっと感慨深く棚を眺めていたら、外が騒がしい。というか、でかい声がする。

なんだろう？

この部屋は外の音がほとんど入ってこない。塔は分厚い石壁で、コレクションが傷まないよう、この部屋には窓が1つしかない。窓のある作業台の方を振り返る。

「えーと」

縦に裂けた瞳孔、金色の目がこっちを見ている。

デジャブ。これはドラゴンが同士討ちする前に、崖の裂け目で見たアレです。なんでこんな近くにドラゴンがいるの？

『匂いがする。人間、匂いがする』

ドラゴンの口から言葉が聞こえる。

よく聞くと、風船から空気が漏れるような音をうんと低くしたような感じなんだけど、今日も【言語】さんは絶好調のようです。

『なんの匂い？』

ものすごくドキドキしているけど、大丈夫なはず。

ドラゴンは風の精霊との契約に縛られて、自分のテリトリー——ドラゴンの大陸の南の端の方——に来た人間と、ドラゴンに危害を加えた人間しか襲えない。

だからこの場所は大丈夫。実際、向こうから話しかけてきてるし……って。

『あれ？　人間に近い思考がある？』

見学に行った時に見たドラゴンは、なんか野生動物っぽかったんだけど。

『長く生きた。私は長く生きた』

「なるほど？」

長く生きたドラゴンが、本能よりも理性が勝ったり、暇になって人間の言葉を覚えたりはファンタジーの定番だ。最初から喋るのも定番だけど。

『風の精霊、私と共にある風の精霊。音の精霊、音の精霊の憑く私は、人の言葉に合わせられる』

　えーと、共存してる風の精霊の系統が音の精霊で、人間の声に変えられるってことか？　非常に残念ですが、話せていないです。

『俺はドラゴンの言葉もわかるから……』

　ちょっとどう言っていいか困る。喋れてないって、はっきり伝えるべきか。

『そうか。では尋ねよう、私は尋ねる』

『うん？　なんだ？』

　よーし、よし。

　ちょっとドラゴンに慣れてきたぞ？　気配が怖いっていうより、でかいから怖いんだな。かっこいいって思うけど、同時に巨大すぎて怖い。

　あれ、もしかしてこの瞳の大きさからいうと、下の海に浸かりながら覗いてる？　いや、体は上の方で、首を伸ばして覗いてる？

　待って。このドラゴン、絶対ナルアディードとかから見えてるよね⁉

『子。私の子の血の匂いがする、なぜだ』

　……。

　どっち⁉　いや、黒いドラゴンは飛べなかった。このドラゴンは、ここを覗いてるということとは飛んできたはず。オレンジの方か！　食わなくてよかった！

え、【収納】から匂い漏れ!?　いや、違う。

『これ？』

棚から牙を取って、窓の方に移動する。

黒い牙1本と、花の彫刻になった牙。

『それだ。花のカタチのせいか、風の精霊の運ぶ匂いが強い、それだ』

花から香りを連想した精霊がなんかしたの？　困るんですけど。地の民の方に行かなくってよかったけど。あ、でもここがドラゴンの縄張りから近いからかな？

『えーと、この牙の持ち主は魔物になってたんだけど』

お肉になりました。

『わかる。若い者は同族殺しもするが、ドラゴンは老いも若きも、魔物となった同族を積極的に殺す』

物騒《ぶっそう》なんですけど。

『で、オレンジ色のドラゴンが同士討ちになって、2匹とも亡くなってたんだけど……』

どっちですか？　オレンジの方で合ってますか？

『夕日の燃える。夕日の燃えるがごとき鱗ならば私の子。どこだ？　竜玉《りゅうぎょく》』

『竜玉？』

あの竜が手に持ってるやつ？　こっちのドラゴンも持ってるの？　拾った覚えないから、同士討ちしてたあたりに落ちてるのかな？

『心臓の中。心臓から生まれる玉だ』

心臓か。

俺がまるっと体ごと持ってますね！


ドラゴンの牙やら魔石やら一式を麻袋に入れて持ち、広いとこに来ました。

でもこのドラゴン、城の広場に入りきらなくって、チャールズが頑張った周囲の庭をお尻で壊しました。

俺のせいじゃないです。塔から出たら、すでに着地して待ち受けてたんです。広いとこって、お隣の無人島とかのつもりだったんです。

ドラゴンに島の広場は狭いでしょ！！！！

風の精霊がいるから、飛んでる時は巨体に比べて重さを感じさせないんだけど、地面に着いたらダメだね。広場に敷かれた石畳にヒビがいってる、ヒビが！　体が触れてる防犯タイルが、あちこちであふんあふん言ってるし、カオスすぎる。風の精霊、お仕事継続お願いします。

「く……精霊剣さえあれば、少しは足止めのお役に立てたものを……っ！」

警邏《けいら》用の槍《やり》を構えて衛兵を後ろに従え、ドラゴンの前に立つ元剣聖《けんせい》。

名前は覚えてません。あと衛兵じゃなくって、警備のおっさんのはずだ。

「うわー、うわー。でっかい！　倒すのは無理そうだけど、鱗1枚ひっぺがして逃げるくらいなら……いくらくらいになるかな……」

マールゥ。

「一体何が望みなのです……っ！」

衛兵の後ろ、キールとファラミアに守られながら、頑張ってドラゴンと意思の疎通を図ろうとしているソレイユ。

『恐るるならば、恐るるならば出てこずともいいものを。邪魔でかなわぬ』

しゅーしゅー言ってるドラゴン。

チェンジリングも普通の人もたくさん集まってる。

「我が君……」

いつの間にか斜め後ろにいるアウロ。

びっくりするからやめてください。

「あー。このドラゴンのことは気にしなくていいぞ。色々壊して悪いな」

俺の金でできてるが、頑張って作ってくれたものだ。

あふん防犯はこの際入れ替えて欲しいけど。

『ちょっとここも狭いから。西の大きめの無人島で頼む』

『わかった。わかったとも』

素直に答えて離陸。——その際に尻尾がぼずっと城壁に当たって崩れた。あー、あー。

「……ごめん。片付けと修理頼む」

そう言って、もう一度塔の中に引っ込む。

絶対来るだろうアウロに、一言残して移動するつもりだったんだけど。あわよくばドラゴンに乗って。

扉を閉めて【転移】。

白い岩の島、申し訳程度に細くくねった木がぽつぽつと生えている。大きさは俺の島と同じくらいで、平たいところも広いんだけど、土がないんだよね、ここ。

そしてドラゴンがいない。どこまで行ったの!?

『ちょっとさっきこの辺に来たドラゴン呼んできてくれ』

仕方がないので麻袋を開けて、袋の口を西に向けてばふばふと煽《あお》りながら精霊に頼む。ばふばふやってるのは、匂いで呼び寄せるつもりでだ。塔に来た時も、匂いに釣られてきたようだし。

精霊は了解！　とでもいうように敬礼して飛んでゆく。行動範囲が広いですドラゴン、いや、大きめの無人島が着陸の判定をもらえなかったのかな？　広場で反省したのだろうか……？

両極端な予感！

あ、来た。

『すまんな。上手く伝わらなくって』

『ドラゴンと人間の感覚は違う。感覚が違うのだ、仕方がない』

着地してきたドラゴン。その衝撃で少し岩が崩れてカラカラと海に落ちる。

『まず最初に説明しとくけど、これは黒いドラゴンの牙と外殻、あと魔石』

並べながら説明。

『うむ。そのような気配がする。そのような気配だ』

『で、貴方と似た、オレンジ色したドラゴンが噛み合って相討ちしてた。ちなみにこちらです』

少し下がってオレンジ色のドラゴンの死体を出す。がっつり首に牙の痕《あと》があるし、俺が何かしたとは思われないだろう。ただ、体の持ち逃げ犯と思われるだろうけど。

『おお！　我が子……っ。私の子……っ』

声を震わせて、横たえられたオレンジ色のドラゴンにすがりつき——ガブっと。

え？

途端に流れ出す大量の血。【収納】中はずっとフレッシュなままです。もったいないので流れ出した血は【収納】、ハウロン欲しがるし。

『おおぅ。血も温かく、竜玉も温かい。これならばまた生み直せる。生み直せるぞ』

顔を上げたドラゴンはごくんと何かを飲み込んだ。

『礼を言う、人間！　我が子は新しいまま。新しいのはお前のおかげだろう？』

『え、うん。すぐに【収納】したから』

ちょっとドラゴンさん、お口が赤いです。

横たえられたドラゴンの方は、首の下、胸のあたりがえぐれてる。そしてもうそれには興味がないみたい。

『えーと、これはもういいの？』

『それは単なるモノだ。単なるモノなので、好きにしていい。我らの体は人間には重宝されるのであろう？』

『うん』

じゃあちょっといただきますよ、っと。

あ、【収納】前に、血抜きしとこう。土偶ちゃんの巨木から水分を抜いた方法できゅっと。

『もしかして竜玉があればいいのか？』

飲み込んだのは竜玉？

『うむ。我らの意識は、我らの心は竜玉に宿る。冷えぬうちは、しっかり自我が残っている。私が卵を産めば、また体は手に入る、また体は育つ。壊れた体は不要だ』

『へえ』

ドラゴンにとって、体は替えが利くもので、竜玉はどうやら【収納】のおかげでセーフだったようだ。そうか、体は替えが利くものなのか。竜玉がないなら、無精卵みたいなもの？　違うか。

どっちにしても、食べても大丈夫なもののようです。

『この黒いドラゴンの魔石も返した方がいい？』

黒いドラゴンの魔石についても一応確認。

たぶん竜玉が黒い精霊に染まってるのか、一体化してるのかだと思う。だって、玉みたいなのは魔石、これしかなかったから。

『不要。もはや竜玉ではない、不要』

産み直して魔物が生まれても困るし、ドラゴンの答えは順当かな。

なんかこう、我が子というか、竜玉に執着してる感じを受ける。それで、変質してしまったら興味を失う感じ？　死んでしまった状態の体も含めて、もうどうでもいいというか。

『竜玉が減ったら、最終的にドラゴンも減らない？』

『竜が持つのは1つではない。1つではないが、一度に2つ持つことはない。子が自我を持つと、我と竜玉は分かたれ、新たなる竜玉を授《さず》かる。ただ、番《つが》うために死ぬドラゴンが多い。私もその時が来れば雌雄《しゆう》を決するため全力で立ち向かう』

うーん？　我とはドラゴン全体のことかな？　自我を持つまではドラゴンという名の獣《けもの》で、自我を持つとドラゴンという名の個体になるみたいな？　というか独り立ち？

死ぬドラゴンが多いって、戦って強い個体と番うのかな？

『勝った方が竜玉を得る。勝った方が相手の竜玉を譲り受け、卵を産む』

文字通りそこで雌雄が決まるの？　勝った方がメス？

『……なるほど？』

ドラゴンの結婚事情、人間にはちょっと複雑っぽいぞ!?　いや、単純か？　あとでハウロンに聞いてみよう。

『様々ある、ドラゴンにも様々ある。長じて自我を得るモノたちは概ね一緒だ』

よくわからないことはとりあえず横に置いとこう。

『教えてくれてありがとう。とりあえず個体数が減っても減ったままってことはないんだな、安心した』

なんかカーンと国の話をした時、昔と比べて減ってってるような感じだったし、ちょっと心配した。

『望み。何か望みはあるか、人の子よ』

『いや、ドラゴンの体もらったし、特には――ああ、ちょっと帰る時に、あの島の青い屋根の建物の中を覗いてくれる？』

『青？』

オレンジ色の素焼きっぽい瓦が並ぶ中、商業ギルドの建物と海運ギルドの建物は、釉薬を使ったカラフルな焼き物に最近葺《ふ》き替えた。

どっちも青なのは、鮮やかな青が流行ってて高いから。流行らせたのはソレイユだけど。さすがに瓦は鮮やかとまでいかないけど、オレンジの中ではすごく目立つ。

『あの、船がいっぱいある場所に近いとこの、一番でっかい建物』

ドラゴン、色わかるかな？　精霊がカラフルだからわかると思うけど。視界が白黒だったり、温度で見分けてたりしたらどうしよう。

『それだけ。それだけでよいのか？』

あ、よかった、わかるっぽい。

『うん。なるべく壊さないように頼む』

ドラゴンに覗かれた仲間を作っとかないとね！

『努力、努力しよう。理由もある。古《いにしえ》の約束で北の大陸の上は理由なく飛べぬが、海に隔てられた島は可能だ。私の鱗を1つ。何かあれば呼べ』

そう言って、鱗を1つ落として飛び去った。ナルアディードの方に。

速い。船の軌跡みたいな波が海面にできてるし。大丈夫かな？　おお、船は無事というか、スピードを出さなければ、風の精霊が体を覆って浮いてる感じなのか。

よしよし。あとは両方のギルド長が、びっくりしてぎっくり腰にならないことを祈るだけだ。いや、なっても佩玉《はいぎょく》があるからセーフ。

それにしてもドラゴンは、『家』とかカヌムとかがある大陸は飛べないことになってるのか。

鱗を拾うと、小さな風の精霊付き。なるほど、これに呼びかけたら精霊を通してわかる感じなのかな？　風の精霊にも増えるタイプいるんだ？


塔の倉庫に【転移】。外に出るなら玄関のある2階じゃなくって、馬車がそのまま入れる1階の倉庫が便利だ。騒ぎになってるだろうな……、と思いながら扉を開ける。

「うをう！」

扉を開けると、ソレイユが倒れていた。

ファラミアが差し出したらしいクッションが頭のところにあるけど、思い切り地面だ。

塔の周辺の蔓薔薇の棚の下とかは、模様になるように並んだ石畳なんだけど、倉庫の前は荷馬車用に土なんだよね。石畳は車輪が滑る。当初の予定と違って、薪や小麦以外のものを詰めてるせいで、荷馬車はほぼ使ってないけど。

まとめて運ぶなんてもってのほか、揺れなんかもってのほか、手運びじゃない、と、倒れながらソレイユが絶叫する。

「無事か、なんだあれは、説明しろ！」

「我が君、ドラゴンと交流があるとは知りませんでした」

キールとアウロ。

「ううう」

ソレイユ。

「交流はなかったんだけど、さっきできた。まあ、もう来ることはないと思うし、ナルアディードの商業と海運、両方のギルドも覗いてったみたいだから……」

ここだけじゃないので、お問い合わせはナルアディードに押しつけてください。

「ううう」

「……事情を確認して、あとで説明するからと他は解散させたが、さっぱりだ。もう突然アレが来ることはないんだな？」

呻いているソレイユの代わりにキールが確認してくる。

「縄張りがあるみたいだし、突然来るってことはないと思う」

呼べば来てくれるみたいだけど、突然はないです。たぶん。

「とりあえずこの透彫やるから元気出せ」

ソレイユの枕元（？）に、黒いドラゴンの外殻を置く。

「これはまた、見事な」

ほうっとした顔をするアウロ。

「黒いドラゴンの外殻に、地の民が綺麗に透彫を入れてくれた」

「うううううううっ！！！」

ソレイユがクッションから顔を上げないまま、ごそごそしたかと思うと、ハンカチ――うちの染物《そめもの》の青い布だ――を取り出し、手袋を嵌め、そっと外殻を布の上に移す。

「無理……」

そしてまたクッションに顔を埋《うず》める。

起き上がる気はないようだ。

塔の外、薔薇の棚の下で、寝ているソレイユを眺めながらお茶。

水の溢れる塔から俺の塔まで続く、飛梁《とびばり》みたいな樋《とい》。そこから霧のように落ちてくる水滴と薔薇の落とす影で、ずいぶん涼しい。

影《そこ》から日向《ひなた》に寝ているソレイユを眺めつつ、アウロの淹れてくれたお茶を飲む。ハーブティーなのかな？　苦手な部類なんだけど、このお茶は香りも味もいい。

そして小さな精霊が香りに釣られて寄ってきている。臭いではない、匂いだ。ディーンの精霊とは違うのだよ、ディーンの精霊とは。

――こうして人間は、ものの良し悪しを勝手に決めるのだ。

「こちらはパメラが調合した香茶《こうちゃ》です。体に溜まった過剰な熱を取る効果があるそうです。通常のお茶より早く冷めてしまうそうで、できればお早く」

実際に精霊が寄ってきてるから、効果は確かなのだろう。

香りに寄せられて、丸い半透明の精霊が2つ3つ集まっている。お茶の水面に触れるか触れないかをゆっくりと飛び、お茶でない何かを吸い上げて色を濃くする。

アウロの話からすると、たぶん熱なんだろう。熱をご飯にする精霊もいるんだ？

2つ3つが吸い上げたあとは、他の精霊が寄ってきてもお茶からすぐ離れていくんで、一定以上の熱さがないと嫌なのかな？　香りと熱が揃った時に顔を出す精霊らしい。

「いい匂いだな」

俺よりソレイユに必要な気がするけど。きっと体の火照《ほて》りも奪ってくれる。

ファラミアが用意したクッションに顔を埋めたソレイユは、同じくファラミアが用意した日傘で上半身は隠れているものの、陽の真ん中に寝そべっている。

熱中症は大丈夫ですか？

「こう、気になるし、室内に連れていかないか？」

俺だけなの？　気になるの？　キール、ファラミアは？

「気持ちの整理をつけるための、儀式の側面があります。ソレイユ様は、あの状態で人に触れられるのを好みません」

ファラミアが無表情に淡々と答える。

「儀式……」

ソレイユを中心に、魔法陣の落書きしていい？

「今回は長くなりそうだな」

すました顔のキール。

慣れすぎじゃないか？　チェンジリング、色々なことをスルーしすぎ！

「で？　ドラゴンの始末は？」

キールが相変わらず不機嫌そうな顔でぞんざいに聞いてくる。

一応、防衛関係には真面目なんだよな。

「ナルアディードにも飛んでったから、そっちに押しつける方向で」

なんか入念に全部の窓を覗いてくれたっぽいし。

「ナルアディードでも大変な騒ぎでしょう。ドラゴンがこちら側の人の住む地に降り立ったことはありません」

アウロが言う。

ナルアディードにも着陸してもらうべきだったか！　いや、あそこは着陸できるところがない！

「そういえばうちの被害は？」

「城壁の一部が破壊され、石畳及び、広場に設置していた防衛のためのいくつかがダメになった」

キールが眉間に皺を寄せて話す。

あふん防衛は1回リセットして作り直す方がいいと思います。

「錯覚《さっかく》、視線の誘導を施し、木陰に身を隠す者には必ず魔法陣を踏ませるように石畳を配置。チャールズの庭はよく整えられていただけに、あの被害で大幅にバランスが崩れた」

そういえば、見た目だけじゃなくってそっちも配慮されてたっけね。

「ソレイユにドラゴン素材を売ってもらって、そのお金で修繕《しゅうぜん》しようか」

「――金は腐《くさ》るほどあるから心配するな」

そんなにあるの？

「我が君、庭も魔法陣も一番金がかかる場所は、我が君の配下が務めますので」

笑顔で答える。

「修繕用の普通の石材を運んでくる方が、時間もかかるし手間だ。石工が彫刻だかに使おうとしていた建材を修理に回して、すでに作業を始めさせているが足らん」

ファラミアがそっと扇《あお》いで、ソレイユに風を送っているのを眺めながら話す。

「修理の間、防御の人手を増やしますのでご安心ください。水路に被害はございませんし、生活には支障ございません」

アウロが俺のカップのお茶を替えながら言う。

「支障はないが、ドラゴンとはいえ、簡単に侵入されるのもな。人と精霊への対策はしていたが……」

考え込むキール。

敵は何を想定してるんだろうか。島の防御力が天井知らずに上がっていってる気がする。なんかこう、地下避難所とか作り出しそうだな？

結局なかなか起きないので、ソレイユが戸板みたいなのに載せられて運ばれてきました。

ソレイユが起きるのを待って、日が暮れました。


「ニイ様」

パウロルお爺ちゃんが、オルランド君と庭師のチャールズを連れてやってきた。

どうやらチャールズと一緒に、壊れた魔法陣を確認して回ったらしい。広場や街の防御の全体はキールの管轄だけど、魔法陣や庭木を使っての敵の撹乱《かくらん》は、お爺ちゃんとチャールズの管轄だ。

最初の建物の配置はあったんだけど、効率よく魔法陣を使うために、わざわざ建物を削ったり、足したりもしてるみたい。

「こんばんは、騒がせたな。広場は大丈夫そう？」

「何本かの木々は駄目《だめ》にしましたが、ここは育ちがいいのでなんとか……」

チャールズが困ったように笑う。

「魔法陣の方はすぐにでも新しいものを。しかし、また石に刻んでも、割れてしまうことがあっては同じこと。どうしたものか考えております」

お爺ちゃんの返事。

「いや、もうドラゴンは来ないと思うし……」

普通、建材に使っているでかい石は割れません。1カ所くらい割れるかもしれないけど、そんなにバキバキ割れません。

「来ないのですか？」

お爺ちゃん、眉毛下げないで！　悲しそうな顔をされても困る！

「老師……」

同じく困った感じのオルランド君。普通の感覚代表、ありがとう。おかげで自分の感覚が正しいのがわかる。

「来られたら困る。が、来られても大丈夫な態勢を整えねば……」

キール、どんな防御敷く気だ？

「何と戦う気なんだ……」

「可能性のあるあらゆるものと」

俺の呟きにアウロが笑顔で答える。

アウロの言葉に、珍しく真面目な顔でキール、ソレイユの隣に跪《ひざまず》いたままのファラミア、人好きのする笑顔のチャールズが頷く。――チェンジリング的には世界が敵っぽいぞ⁉

いや、だが、ドラゴンが来る可能性は否定できなくなってる！

「あー。積極的に攻めて出るのはやめろよ？　普通の住人に迷惑かけないようにな？」

もうこの際、島に入ってきた敵については好きにしてください。

チェンジリングは昔から、人からの扱いがアレだったようだし。俺の人嫌いどころじゃなく根深そう。

「それはもちろん。普通に接してくださる方には、普通をお返しいたしますので」

笑顔のアウロ。

「まあ、飯にしようか？」

ソレイユ起きないし。

「ぜひ」

「おう！　菓子も寄越せ！」

嬉しそうな双子、微かな笑みを浮かべて頭を下げるファラミア。

「私もご相伴《しょうばん》させていただいても？」

「もちろん。ここにいる人数分の椅子ってある？　ないなら立食《りっしょく》で。俺はちょっと作ってくる」

パウロルお爺ちゃんもオルランド君もどうぞ。チャールズも。ただ、塔の台所は狭いので、この人数は無理だ。

あそこで飲食したら、ソレイユの倒れてる時間が延長されそうだし。

「お手伝いを」

アウロがついてくる。

【収納】が──ああ、屋上の風呂を作る時にバレてるな。契約もあるし、アウロの前で色々やらかしても気にしないことにしよう。

「とりあえず、焼肉でいいかな？　野菜切ってくれるか？」

バーベキューまで行くと焼き上がるのに時間かかるし……。焼肉とバーベキューの違いは肉の厚さというイメージがある俺です。

「どの程度に整えればいいでしょうか？」

「ああ、こんな感じで頼む」

玉ねぎを輪切りに、キャベツを適当に、茄子《なす》、トウモロコシも切ってみせる。シシトウと椎《しい》茸《たけ》はそのままでいいな。

「承知しました」

笑顔で作業を始めるアウロ。

あまり料理はしそうにないんだけど、器用な男なんで、見本があればきっちり同じに仕上げてくれるっぽい。たぶん？

刃物の扱いがみんな上手いような気がするけど、なんででしょうね……。ソレイユはペーパーナイフを使ってるくらいしか見たことないけど。

精霊たちが興味深そうに飛んで見て回っているのをそのままに、俺の方も作業に入る。

少しドラゴン肉出すか。赤いの解体しないと、もうこれでなくなるな。地の民のところに大部分を差し入れしたから。

あとは、冷麺《れいめん》――小麦粉の澱粉《でんぷん》だから、盛岡冷麺だな。お湯を沸かす間に、茹で卵を【収納】から出して剥く。つるんとね。

スープを作って冷やし、麺を茹でたらこれも氷水《こおりみず》で冷やして締める。氷は当然【収納】からなんだけど、製氷機の魔法陣作ろうかな？

冷やす用のボウルや箱は作ったんだけど、氷も気軽に欲しいよね。精霊に頼むにしても、氷を作ることが得意な精霊って、寒いとこにいるし。寒いとこに行くなら、天然の氷を切り出してきた方が精霊を煩わせないだろうし。

リシュにはアイス作りに協力してもらってるから、これ以上色々してもらうのもな。

アウロに切ってもらった、大きさと形がやたら揃ったキュウリと長ねぎを冷麺の上に盛り、茹で卵とチャーシュー、キムチを載せる。白胡麻ぱらり。

「できた。運んでくれるか？」

料理の盆と、焼肉用の一式。

もうこの島の親しい人にはバレまくっているような気もするけど、一応は炭とか網《あみ》とか火台とか、塔の中で【収納】から出した俺です。

「はい、我が君」

余ったチャーシューの端っこを、嬉しそうにもぐもぐしているアウロ。端っこをあげたら満面の笑みを浮かべる無駄な美形。

「……」

薔薇棚の下、キールが運んできたのだろう、追加されたテーブルと椅子。足を組み、アンニュイな顔をして座るソレイユ。テーブルの真ん真ん中に鎮座するハンカチの上に置かれた、透彫を施された黒いドラゴンの外殻。

「そこ、火台置きたいんだけど」

真ん中邪魔なんですが。

「ううう。この芸術品を雑、雑に……」

泣きそうになりながら、透彫を持ち上げて抱きしめるソレイユ。

「それ、ドラゴンの外殻だから、よほど変なことしない限り傷つかないぞ」

地の民の皆さんも、精霊鉄の工具を使ってなお、彫るのは大変だったらしい。落としても平気だった。細かい傷は綺麗に磨かれてるけど、その傷もきっと同士討ちというか、同じドラゴンにつけられた傷とかだろうし。

「ドラゴン……ドラゴン……！」

「抱いててもいいけど、焼肉の匂いつくぞ」

ソレイユが復活してるって思ったけど、ダメな感じです。

「ドラゴン……、ドラゴン……。ドラゴンの外殻……？　いやそんな？　ドラゴンの素材はそう簡単にあっていいものじゃ……。でも今日広場に――」

ソレイユがオルランド君に感染《うつ》った⁉

お爺ちゃんの隣で、頭を抱えてぶつぶつ言い始めたオルランド君。同情したような、呆《あき》れたような、微妙な顔を向けるお爺ちゃん。

「さ、火台をこちらへ。設置いたしますので」

チャールズが甘い笑顔を全開にして、手を伸ばしてくる。

その笑顔で数々の令嬢を騙くらかしてたんだな？　今は料理に向ける顔だと思うと微妙だけど。

チャールズによって火台が２つのテーブルの真ん中に設置され、アウロが運んできた野菜の盛られた浅い木皿が並べられる。

肉の皿、チシャの入った笊《ざる》、タレの入った小皿。レモンの櫛《くし》切り。

甘いものじゃなければ待てのできる男キールによって、取り皿やフォークが用意される。ファラミアが白いナプキンを綺麗に飾る。

「適当に網の上で肉と野菜を焼いて食って。肉にはこのタレをつけて食うんだけど、これは辛いやつ、これはさっぱりしたやつ、これはちょっと濃厚。好みでどうぞ」

簡単に説明して肉を網に載せ始める俺。

火台は炭の少ないところと多いところを作って、偏らせてある。炭が多くて火力が強いところに、じゅっと肉を置く。弱火の場所には茄子やら椎茸やら野菜を。

「なるほど……」

トングを手に取るお爺ちゃん。

「はっ！　老師、自分が！」

慌ててオルランド君がトングを手にし、肉を焼き始める。

マメだな従者。

「ソレイユ様、そちらは一時的にあのあたりに置き、眺めながらお食事なさるというのは……」

ファラミアがソレイユに話しかける。

同意を得たのか、ファラミアが彫刻をハンカチごとそっと階段に移動して、ソレイユによく見えるよう慎重に設置する。

マメだな侍女。

「この網のここからここは俺の領土だ！　はみ出すんじゃない！」

「領土など……。もう焼けているだろう、さっさと腹に納めないのならば、私がいただこう」

アウロが涼しい顔で、キールの焼いていた肉を素早く攫《さら》う。

「あーっ！」

「キール殿、確かに焼けすぎですね」

キールがアウロに向けて叫んでいる隙に、さらにチャールズがキールの前から肉をすっと攫っていく。

なんというか隙のないやりとりと、無駄に無駄のない動き。怒鳴《どな》っているキールはともかく、2人は優雅でさえある。

「よく焼いているだけだ！　貴様らこそ生だろう、それ！」

「焦げるまで焼くとは――。肉の味がわからぬのでは？」

「この肉の味はわかるだろうが！」

アウロとキール、味がわかるわからないは、チェンジリング的ギャグだろうか。チェンジリングは、精霊の影響がない食材や料理は、全く味が感じられないらしいからね。

この2人、執事っぽい揃いのスーツで白手袋した姿なんですよ……。会話の内容と、その攻防、女性が泣かない？

「確かにニイ様の用意されたものは、どれも味がいたしますね。とても幸せですよ」

料理にとろけそうな笑顔を見せるチャールズ。肉に頬ずりしそうでちょっと怖い。やっぱり女性が泣くと思う。

「これは美味しい……」

「はい、老師。驚くほど美味しい」

お爺ちゃんとオルランド君はドラゴン肉を食べているみたい。

「トウモロコシも美味しいわ。下手なお菓子より甘い！　来年はこれを目玉に広げましょう」

ソレイユはトウモロコシにご機嫌で、復活した様子。

「こちらの麺も美味しいです」

ファラミアがいつもの無表情をほんの少し緩ませている。

クラシックメイドの格好をした美人が、盛岡冷麺の丼《どんぶり》を抱えてフォークで食べている図なんだが、気に入ってくれたならいいことだ。

盛岡冷麺はつるんとして冷えていて、抜群のコシと喉越し。牛骨ベースのあっさりとしたスープ、キムチの辛味。美味しくできたと思う。

「我が君の食べ方も美味しそうですね」

アウロが俺の方を見る。

俺はちょっと辛いタレにつけたドラゴン肉をチシャに載せ、巻いて食べている。豆板醤《とうばんじゃん》とかコチュジャンとか作りたいなこれ。

「ああ、このお肉もすこぶる美味しいわ。こっちのは牛でしょう？　これはなんの肉？　どこの部位なのかしら？」

ソレイユがニコニコしながら聞いてくる。

「ああ」

目を階段に置かれた彫刻に向ける俺。

「え……。まさか……？」

動きを止めたソレイユ。

大丈夫です、喋らないドラゴンです。セーフでお願いします。

「……トウモロコシ、このトウモロコシはいいと思うのよ」

ソレイユの目が階段に鎮座する彫刻から逸らされ、目前の網に載るトウモロコシに据えられる。

ちなみにトウモロコシは俺の『家』産。島の畑でも作ってるけど、少量だからソレイユが食べたかどうかは知らない。

「皮が固いものか、列に隙間があるものしかなかったけれど、トウモロコシだと言われればそうかと思うもの。きっとすぐに受け入れられるわ、トマトの次は、このトウモロコシを」

商売の話を始めるソレイユ。

「あー。でもこれ、収穫してすぐに茹でて食う感じだぞ？」

醤油があれば、焼きトウモロコシもいいかもだが。

干して保存するんなら、固い皮のトウモロコシの方が向いてる。あれは粉にして主食にしてる地域も多い。主食にするなら、ここまでの甘さはかえって邪魔な気がする。

「やはりここは保存の利く野菜を先に広めるべきでは？　サツマイモを推させていただこう」

サツマイモ推しのお爺ちゃん。

「茹でたてのトウモロコシ、焼き芋、レタス、蕎麦《そば》……。この島はオレンジさえも至上の味。僕は全てを万人に知らしめたいけれど、同時に全てを独占したい……」

チャールズ、怪しい人。

「俺も味を楽しむための野菜より、飢えを凌《しの》ぐために保存の利く野菜がいいと思う」

島の畑でいろんな種類の野菜をちょっとずつ作って、広めたいやつを年に2種類くらい選んで、外に持ち出すことにした。

広める方法は、ジャガイモの時のように種芋とか苗を販売したり、トマトのように大規模に作ったりで、決まってないけど。

天候不順やら何やらで、すぐに食べ物が足りなくなる世の中。まずは保存が利いて腹を満たせるものから広めたい。

作る土地が決まってるなら、トマトみたいに環境に合うやつを選ぶけど。

なお、畑で採れたものは決められた量を島の飲食店に卸《おろ》して、残りを城で食べていいことにしている。あと、畑で働いている普通の人にも一定量を分けてる感じ。

収穫量も出来も、これでもかというほどいい野菜。忙しいはずのキールとかアウロとかチャールズとかマールゥとか宿屋の親父とかが、手伝いまくってるみたいだし、精霊も気に入ってたくさん来てるし。

たぶん、ここの野菜や果樹の苗を売っても、育てるところが違えばこの美味しさは再現できない。これよりいい野菜ができるのは、俺の『家』くらいじゃないかな？

まあ、他で育てた野菜もちゃんとトマトはトマトの味がしてるし、問題はない。最近ナルアディードのレストランで、最新の料理とかでトマト料理が少し出されるようになった。商人の街に近いっていうのは、何かを世の中に広めるにはとてもいい。

「そうね。果物もそうだけど、トウモロコシなどの嗜好品《しこう》は、まずこの島で観光客や商人に食べさせて、少量を高く売るところからね」

ソレイユが前言を撤回して頷く。

トウモロコシ、嗜好品か。一般家庭では砂糖もそうは使えないから、そうなるか。その辺の果物より甘いしね。

「ああ、それと報告。商館を買い取ったわ。私がいた商会の建物だけど、色々綺麗……にしてあるから心配はしないで。ナルアディードにも拠点ができたから、飛び地のトマトの販売とか、もう少しスマートに行けるわ」

ボンクラ息子があとを継いだとかいう、商会が使ってた商館か。綺麗にしたのはそのボンクラもだろうな……。

「島は何事もなしね、相変わらず商業と海運の両ギルド長が移住申請を出してきて面倒くさいくらい」

「1期も2期も断っているというのに、性懲《しょうこ》りもない」

キールが不満そうに言う。

「精霊灯の依頼は一時的に止めています。もう7年先まで予約で埋まりましたので」

ソレイユの報告を継ぐようにお爺ちゃん。

「高いのにすごいな？」

ひと月に1個しかできない設定にしていて本当によかった、頭いい。考えたのがキールだというのが微妙に信じられないような、信じられるような。

「他には『精霊の枝』で満月の晩だけ庭を解放して、精霊たちの演奏を聞いていただいております」

「演奏」

「演奏」

お爺ちゃんの話で引っかかった言葉を口にしたら、念を押すように繰り返された。

「少々騒がしい選曲ですが、なかなかよい楽の音《ね》です。謁見《えっけん》の間に流れる曲の方が私は好きですが」

笑顔で言うアウロ。

謁見の間という名のパーティー会場にある精霊の石には、カルミナ・ブラーナの「おお運命の女神よ」を覚えてもらった。音楽を奏でる石なんだけど、無駄に壮大。

「人気だな、マールゥが気に入っている」

肉をひっくり返すキール。

あのサボテン埴輪、好き放題やってるな？

「それにしても、ドラゴンの肉がこんなに美味いとは……」

チャールズのうっとりした一言。

あ。

「ドラゴン……っ」

その場で崩れ、机に突っ伏すソレイユ。

ソレイユが崩れる前に、皿やらフォークやらを素早く撤収するファラミア。

せっかく現実から逃避して仕事の話をしてたのに。


ソレイユがばったりしてしまったので、解散。なんかオルランド君も密かにダメだったっぽい。

倒れたソレイユはキールが……。いや、戸板を持った警備さんが4人現れ、ファラミアが手際よく載せた。キール、そこはお姫様抱っこで運ばないとダメなんじゃないの？

「御前《おんまえ》、失礼いたします」

俺に一礼して、ソレイユを載せた戸板に付き添って居館に帰るファラミア。

「ま、待て」

ばたばたと皿を重ね、トングやフォークをまとめるキール。変なところで律儀だな？

ある程度まとめ終えると、アウロに声をかけてファラミアのあとを追う。

キール、もっと頑張れキール。でも、後片付けしていくのはちょっと好感度高いぞ。ところで、ソレイユを載せるために、ファラミアが戸板を常備させてるわけじゃないよね？　担架《たんか》作った方がいい？


「警備にオル……。不要のようですね」

アウロが言いかけてやめる。

警備を呼ぶ前に、俺が座布団に迎えに来てもらって、オルランド君を載せてしまった。座布団と風の精霊に魔力をちょっと譲渡。

オルランド君を載せて、さらにちょっと浮き上がって挨拶するように1回転する座布団。オルランド君、うつ伏せで腹の下に座布団だから、手足がだらんとしてて、回られると纏《まとい》みたいだな。

腹が支点じゃ「ぐえっ」てしそうな気もするけど、まあ、面だし……。仰《あお》向けじゃ安定悪そうだし、諦めて欲しい。

「うー……」

オルランド君の呻きに、はっとした感じで動きがゆっくり小さくなる座布団。

大丈夫、1回転くらいじゃ酔わない——と、思う。たぶん、揺れて目を覚ましかけただけだ。

「もしや、ここに精霊が……？」

お爺ちゃんが浮いたオルランド君をじっと見つめる。

「ああ、そういえばこれ」

魔法陣をあげようと思ってたんだ。

「なんですかな？」

「一時的に精霊が見えるようになる魔法陣」

「おお!?」

驚くお爺ちゃん。

お爺ちゃんが昔いた神殿の、自分に憑いてる精霊を見るための魔法陣を参考に、精霊図書館で調べて作ったんですよ。

「ここから魔力を通せばいいようになってるから。落ち着いたら使って」

これで埴輪と精霊の演奏会でも見てください。

「そうですな、せっかくですので『精霊の枝』で使わせていただきます」

魔法陣を胸に抱いて一礼し、オルランド君と帰ってゆくお爺ちゃんを見送る。

「こちらは洗って倉庫の棚に返却しておきます。片付けはお任せいただいて、おやすみを」

アウロがテーブルを見る。

肉も野菜も綺麗になくなり、キールがまとめた食器と炭の燻《くすぶ》る火台、ファラミアが出したナプキンが残る。話してる間も肉やら野菜やらの争いを静かに繰り広げてたしな。

「僕も手伝いますので」

にっこり笑って、皿を運び出すチャールズ。

「ああ、頼む」

チェンジリングの腹って、どのくらい入るんだろうって思いながら【転移】で『家』に戻る。

『家』では待ち構えていたリシュが走ってきて、匂いを嗅がれる。そんなに長くないので、今日の俺の行動は、リシュ的には普段と違わないのだろう。

ブラッシングが途中で遊びに代わり、ブラシの手前の空気をぱくっと。ブラシを違う場所に移動すると、そちらをぱくっと。

ごろごろくねくね、ぱくっ。

うん、うちの子可愛いね。

4章　飛び地

「この村って、具合が悪くなったらどうしてるんだ？」

村長に聞く俺。

場所は飛び地の領地、土地の境界を地図で確認しながら案内してもらっている。境界にはところどころ白っぽい石が半分埋められた状態で置かれているので、その場所と地図を照らし合わせて進む感じ。

ここを手放した元の領主と確認しながら置いたものだって。境界に石を置くのはこの辺の習慣で、領主が細かかったり互いに信用がないと、石はどんどん多くなり、場合によっては低い壁になることもあるらしい。

村長は60くらいのお爺さん。お爺さんという年齢には遠い気がするんだけど、ここ数年の旱魃やら何やらで疲れちゃったのか、見た目はお爺さんな感じ。

島からのお供はアウロとチャールズ、２人は住居がある場所だとか、畑の確認をしてくれている。

「大抵は自力で治します。役に立つ草の知識は村人もある程度は持っておりますから。しかし今は具合が悪い時のための薬草も食べ尽くし……。領主の森を荒らして申し訳ない」

村長の目が泳ぐ。

本来、森は領主のもので、落ちている枝葉のみ村人の利用が許されていたらしい。あとは時々来る領主の森番と一緒に狩りをして、その獲物が村のものになってたみたい？

自分の家族のために薬草を摘むみたいな、常識的な範囲での利用は黙認されてたようだけど、ここまでの丸裸はさすがに常識的な利用を逸脱している。

「食うものがなかったんだからしょうがない」

非常時ですよ。元領主もやっぱり黙認してたようだし、問題ない。

中には、森に一切立ち入り禁止、みたいな領主もいるし、ここの元領主はだいぶ住民に優しい。

「でもこれ以上は森が枯れてしまうから、しばらく立ち入り禁止で」

俺は立ち入り禁止タイプの領主です。

「はい、薪と食料をいただきましたので、それはもう」

村長が請け合う。

精霊の姿もまばらな森。地面はカサカサに乾き、葉のない枯れた枝が目立つ。木の皮を剥いで食べたのか、だいぶ痛々しい。

森だけじゃなくって、干上がりそうな井戸とか、乾いて地面がひび割れた畑とか、全体が酷いんだけどね。

「話の続きですが、薬は年に4度ほど行商が回ってきますので、そこで購《あがな》っております。それでもよくならない場合は、町の医者に」

「なるほど」

村どころか町に医者がいないことも珍しくない。大抵は呪い師とか薬屋とかが、怪しい治療をする。まあ、ここには精霊がいるから、それで治っちゃうこともあるんだけどね。神殿とか『精霊の枝』が医者を兼ねてることもあるし。

住居のある場所に戻ると、役所兼集会所を建てている場所にアウロとチャールズ。あと、島の住人から選んだ通いの役人と、村人から選んだ役人が1人ずつ。

普段は役人2人に村長を加えて運営していく方向で進めている。飢えによる逃散《ちょうさん》の瀬戸際みたいなところからのバトンタッチなので、とりあえず生命の保証からという、ハードルが高いのか低いのかわからないところから。

役所の建物は、料理ができる暖炉とパン焼き窯をとりあえず早めに作ってもらった。ここでまとめて焼いて、パンを配る。

パンの配布は、今のところ住民なら無条件で。通いの役人が運ぶ干し肉やハムなどは、整地や建築、畑の測量を手伝った人に給料代わりに。落ち着いてきたら金銭で払うつもりだけど、今は食べ物の確保が最優先だからね。

村の外からの役人は、実際に食べ物を運んでくる人でもあるので歓迎されるかな？　という思惑もあったりなかったり。

「どんな感じ？」

アウロとチャールズを見て、役人さんに目を向ける。

「村人たちも友好的ですし、多少すり合わせが必要な部分はありますが、概ね問題なく進んでいます」

島から通いの役人さん、名前はフォオレ。色々フォオレに放る気満々です。

「おかげでここを離れすに済みます。どうしても立ち行かなくなって、町に流れた奴らもポツポツ戻ってきとります。気を入れて働きますんで、よろしくお願いします」

村人から選んだ役人が膝に拳《こぶし》を置いて、頭を下げる。

なんというか、人足さんの束ねみたいな感じの人。村長さんはまあまあと宥《なだ》めるタイプの人だけど、この人はぐいぐい引っ張っていくタイプ。

「こちらこそよろしく」

排他的な村や、要求だけ告げてくるような村人が多い中で、ここは当たりのようだ。たぶん、前の領主の統治もよかったんだろうな。

こっちの世界に来てすぐの頃、結構あちこちの村にお邪魔したんだけど、本当に文化水準がピンキリで、考え方や行動にどん引いた記憶も多い。子だくさんで、後継以外はほぼ奴隷《どれい》扱いとかね。

そういうところは税の取り立てが厳しいとか、環境がよくない場合が多かったので、たぶんここの領主は代々いい人だったんだろう。今の領主も、この村を売るに当たって港の使用権もつけてくれたしね。売ることじゃなく、村を救うことが目的だったってわかる。酷いところだと、食べ物がないのに村からの移動は禁止な上、税が納められないと代わりに人が売り払われるとかがあるしね。

「呼んでいただいた井戸職人のおかげで、当面水の心配もいりやせん。学はありやせんが、力仕事は厭《いと》いませんので、なんなりと！」

崩れて溜まった砂や泥をどけて、井戸は少し深くしてもらった。地下水の水位は下がったものの、水自体はまだある。

岩盤の下の水は、もっと遠い山から来てる。そっちで雨が降ったり雪が降ったりしてくれれば大丈夫。旱魃が酷いのは、ナルアディードのある海に面した土地だからね。

井戸がダメだったら、島から水を運ぶことになるかと思ってたんで、そこはホッとした。ちなみに島の水は、全く別のところから取水してるので、旱魃による影響はない。いい水——美味しいし、腐らない水——なので、売ってくれという船がますます多いみたい。

ついでに移住希望者も鰻《うなぎ》登りだって。島は涼しいし、水も豊富だし、断然過ごしやすいからね。

今は募集をやめた状態なのに、問い合わせと圧がすごいようだ。その筆頭がナルアディードの商業と海運の両ギルド長らしいんだけど、それはどうなの？　まあ、圧の方は「枝様との誓約が……」で躱《かわ》しまくってるそうで、枝を設置した甲斐があった。

旱魃の原因は小雨と熱波《ねっぱ》。雨が少ないのはいつものことなんだけど、ここ数年はさらに少ならしい。それに加えて、海が温かくて冷えないとかなんとか。

「うん、ありがとう。とりあえず動ける人から、無理のない仕事を割り振ってくれるかな？　フォオレと協力して、よろしくお願いする」

村人から選んだ役人、ガレンに答える。

厳《いか》つい顔と、がっしりした体の持ち主で、ハンサムではないけど風采《ふうさい》はいい。

食うや食わずが長く続いたようで、村人は弱った状態。少しマシになってきたけど、回復度に差があるんで、働かせていい人と、もう少し休んでもらわなきゃいけない人の見分けが、こっちでは難しい。

村長を交えてパン窯のある部屋に移動して、打ち合わせして終了。俺の顔見せがメインで、希望を伝えたら細かいことは丸投げです。

◆◇◆◇◆

朝、リシュと山の中を散歩。

俺の『家』がある山は、特に旱魃の影響もなく、水路を走る水の量にも変わりはない。初めて来た時と変わったことといえば、実の生る木や草、花が山の中に増えたこと。精霊が多くなって訳のわからないものが増えたこと。

いや、基本は俺が興味を示したものに、精霊もなんだなんだと興味を示して、気づけばグレードアップしてるみたいな感じなんだけど。

魔法陣を描くインクの原料の、虫瘤《むしこぶ》ならぬ精霊瘤がたくさんあるし、アスパラガスやらキノコがもりもり生えてるし、気のせいでなければ、日本で見て俺の覚えている、品種改良済みの花も咲いてる気がする。

花は時々アッシュとシヴァに贈ってる。ディーンとクリスにもあげてたんだけど、娼館《しょうかん》のお姉さんに贈ってることが判明して以来、控えてます。いやだって、シヴァとティナの前でバレたんだもん。視線、視線がね！

相変わらず余計なところに絡んだ蔦を払ったり、雨で崩れた山道を補修したり、枝を払ったり、虫瘤集めたりと、散歩中は色々やっている。

リシュ的にはどうなのかな、もう少し歩くのに集中したいのかな？　俺が見える範囲であっちに行ったりこっちに行ったり、匂いを嗅いだり、土を掘ったりで、リシュ的にも楽しそうにはしてるんだけど。

「……ぶひっ！」

山の中で豚くんに遭遇。

一生懸命キノコを探し始めるのやめてください。もう豚丼にしようなんて思ってないから、必死に役に立つアピールしないで！

で、キノコをいくつか手に入れて、家に帰る。今日は長めに山にいたので、朝の畑はおやすみ。

さて、朝食。

……豚丼かな？

玉ねぎ、豚バラ。生姜、醤油に味醂、酒、砂糖。少ない材料であっという間にできる。炊きたてのご飯に載せて、卵の黄身を真ん中に、彩りに万能ネギ、七味を少々。

――いただきます！

甘辛いタレに、豚バラの脂が溶け出してる。生姜をたっぷりめに入れてるので、脂の割にスッキリ。でもご飯が進む！　厚切り肉の豚丼もいいけど、薄切り肉の豚丼もいい。なぜならご飯と一緒に口に入れやすい。

お浸しと漬物、味噌汁で、野菜を食べた気になる方向で。どう考えても消費した飯の量が多いけど。

醤油に砂糖、味醂のてらっとした感じ。日本食万歳！


朝食後に畑の手入れをして、その後はハーブの勉強。

飛び地の森にいざという時のために繁殖させせとこうかと、ちょっと調べることにした。

薬草に片足突っ込んでて食える草、という認識だったんだけど、こちらではバリバリ現役の薬草扱いな上に、精霊が寄ってくる種類がある。というか、薬草扱いされてるのの大半に精霊が寄ってくる。しかも土地によって精霊の行動が違うという不可解さ。

全ての場所で同じような精霊が寄ってくるハーブは、大抵日本でもなんかそんな効能があるって聞いたようなもの。場所によって寄ってくる精霊が違うやつは、その土地限定で効果があるハーブ。

その土地での流行り廃《すた》りが精霊の中であるのかもしれない。

なお、【鑑定】さんを駆使してるんだけど、食う方向には詳《くわ》しいけど、薬としての効能についてはどんぶり気味です。

とりあえず精霊図書館で図鑑を見て、飛び地の周辺というか、もう少し北の、緑が無事な土地をうろうろ。いや、待て。

他の領主がこの辺の土地を禁足地にしてる可能性に思い当たり、大人しく退散する。俺は印象が薄いから、色々やり放題なんだけど、自分の森を立ち入り禁止にしといて、他の人の森をうろつくのは気が咎《とが》める。

色々自由なのは、魔の森とか、国と国との緩衝地帯の森とか。このマリナ半島に似た気候の場所ってあるかな？　確実に出入り自由な場所なら、俺の『家』がある山の中が一番近い気がする……。

とりあえず飛び地の森でよさげな薬草がないか、精霊に聞いてみよう。飛び地の森の中に【転移】をして、森に残った精霊たちにリサーチ。

ちょっと森というより今はまばらな雑木林なんで、見通しがよくって、人に見咎められないかちょっとドキドキする。

『この場所に合う薬草とかって、どんなのだか知ってる？』
『んー』
『んー、んー』
『合うってどんな？』
『綺麗な薬草さん？』
『可愛い薬草さん？』
『美人な薬草さん？』

美人？　綺麗と可愛いまではまだ薬草の形容詞として許容範囲なんだけど、美人はどうなの？　精霊には薬草がそう見えるのか、言葉の意味が微妙に違うのか、どっち？

『怪我とか病気に効いて、ここでよく育つやつ。美味しく食べられるやつでもいいよ』
『んー』
『んー、んー』
『前にあったのでもいい？』

『今あちちで育たないね』

『お水がないよ？』

『育たないのでもいいの？』


精霊たちが集まってきて話を始める。

今はこの状態だけど、ずっと村人たちが出入りしていた森なので、ここにいる精霊たちも人慣れしていて、意思の疎通も割とスムーズ。

この森には俺がしばらく水を撒《ま》くつもりでいるし、ずっとずっと旱魃が続くってこともないと思うので、以前の環境に戻ることを前提としよう。水を撒きつつ乾燥の精霊とか、熱波の精霊を宥めてはいるんだけどね。


『前の森で育ってたやつをお願いします』

『んー』

『んー、んー』

『ここにもまだちょっとあるよ』

『カラカラだけど』

『しわしわだけど』

『ちょっとだけあるよ』


そう言い合いながら、移動を始める精霊たちについてゆく。

小さな人の形でくすんだ緑の薄物《うすもの》を纏《まと》った精霊、蜻蛉《とんぼ》の羽根を持つトカゲの精霊、足を持つ小さな蛇の精霊、パステルピンクとパステルグリーンの縞《しま》模様の蜘蛛《くも》の精霊、のたりのたりと地面を行く小さな灰色の蛙《かえる》の精霊が2匹。

小さくて気配が薄いけど、この森の気配がすることだけはわかる。たぶんこの森で生まれた精霊か、この森に本体がある精霊なんだろう。

仲良しらしく、俺の人差し指くらいしかないけど、わいわいがやがやと賑やか。中心にいる2匹の灰色の蛙は小指の先くらいで、黙ってるけどこっちも楽しそう。最初に、んー、んー言ってるのはこの蛙たちだ。


『んー』

『んー、んー』

『これがオススメ。人間は美味しいって』

『人間が一番喜んでた』

『熱が下がるんだって』

『痛いのも治るって言ってたよ』

『ありがとう』


お礼を言って、精霊たちが取り囲む木の洞《うろ》を覗き込む。ほとんど立ち枯れしかけた木の高いところにある洞だ。俺も風の精霊に頼んで少し浮かせてもらって覗き込んでいる。

中にあったのは白っ茶けた何か。洞に溜まっている枯葉の朽ちたやつとあんまり見分けがつかない。

でもたぶん、この小さな塊《かたまり》がここの精霊のオススメの薬草で、食べられる草なんだろう。


『んー』

『んー、んー』

『ずっとずっと前に折れた枝の場所に、穴ができたの』

『穴に葉っぱとか溜まってふかふかができたの』

『この草はこの木に養われてるの』

『だから無事なのよ』

なるほど？

『じゃあ、この木に水をやればこれも元気になるかな？』
『んー』
『んー、んー』
『なると思う』
『なるよ』
『木も元気になるよ』
『中の薬草も元気になるよ』

地面に降りて、『収納』から取り出した水をざばっと。

『んー』
『んー、んー』

『すごい』
『冷たい！』
『たくさん！』
『いいなー』

ついで、風の精霊たちに頼んで『収納』から出す水を巻き上げてもらう。先程の洞の中にも少し、森の他の木々にも満遍《まんべん》なく少し。教えてくれた精霊たちにも少し。

『んー』
『んー、んー』
『気持ちいい』
『のびのびする～』
『久しぶりに元気！』
『幸せ～』

水を浴びて気持ちよさそうに目を閉じる人の形をした精霊は、緑の薄布が鮮やかに。羽根をぷるぷると震わせて伸ばし——本当に少し伸びた！　蜻蛉の羽根を持つトカゲの精霊、小さな蛇も、伸び上がって鱗をキラキラ。パステルな蜘蛛は水滴を捕まえて飲んで、縞が理髪店の看板みたいに動いてる。

灰色の蛙たちは困ったような顔。

『どうしたの？　水は嫌だった？』

蛙といえば水が好きなイメージがあったけど、姿が似ているだけで違うのかもしれない。

『んー。本当は私のお仕事なの』

『んー、んー。本当は僕のお仕事なの』

喋った！　喋れないタイプの精霊かと思ってたよ。内心の動揺を隠して聞き返す。

『お仕事って？』

『んー。ここに朝に小雨を降らせるの』

『んー、んー。ここに夕に小雨を降らせるの』

『んー。時々だけど』
『んー、んー。時々だけど』
『んー。もうちょっと元気になったら頑張れるかな？』
『んー、んー。元気をもらったから、もうちょっと頑張れるかな』
『んー。明日の朝、頑張ってみる』
『んー、んー。今日の夕方頑張ってみる』

もしかして、熱波で弱ってたのかな？　ここに、ってことは、この森だけとか、広くてもマリナ半島だけのことだよね？　小さいし森だけかな？　雨の精霊だったのか、この２匹。

『じゃあ、俺の魔力を少し使っていいよ』
『んー。いいの？』
『んー、んー。いいの？』
『俺もここに雨が少し降ってくれると嬉しいもん』

そういうわけで、夕方また来ることにして今は終了。薬草を採取して、俺の『家』で増やしてから戻そうかと思ってたんだけど、雨が降るなら動かさずに、ここでこのまま増えてくれた方がいい。

◆◇◆◇◆

「雨の精霊って、降ってない時は空にいるのかと思ってたけど違うの？」

「来た早々、藪《やぶ》から棒に何よ」

カヌムの貸家に「教えて、大賢者様！」しに来ました。

「ちょっと薬草採取してて疑問に思って。ささ、お昼出すから食べたら教えて？」

昼時なので、お礼は昼飯です。

こんがりカリカリに揚げ焼きにしたサイコロ状のポテトと、スパイスを効かせたニンニク醤油味のざく切り豚肉をご飯の上に、そこにフライドエッグを載せてちょっとエスニック風。ガーリックシュリンプ、野菜は生春巻きで。ハウロンが好きそうなものを並べてみた。

「まあ、いいけど」

微妙に変な顔のまま食べ始めるハウロン。

カーンは暖炉のそばで目を閉じて寝て——瞑想《めいそう》してる。この状態の時は起こさない方がいいそうなんで、とりあえずそばのテーブルにワインを置いておく。

なんか祭壇にお供えしてる気分になるんだけど、瞑想ってやっぱり王の枝と融合した弊害《へいがい》かなんかかな？　体調は悪くないし、支障はないって言ってたけど。

「あら好みな味だわ。これはジャガイモだったかしら？　いいわねこれ」

ハウロンが嬉しそうなのでよかったよかった。

俺もガーリックシュリンプをつまむ。酒のつまみみたいな場合は、殻付きを剥きながら食べるのが好きだけど、ご飯のおかずは殻なしでそのまま食べられる方が手軽でいい。ご飯と交互にいけるしね。

「雨の精霊だったかしら？　いろんなところにいるわよ。地に染み込んで変質したり、湖の水に溶けて湖の精霊に変わったりもするし」

「ああ、やっぱり雨の精霊も変わるんだ？」

熱波の精霊とかあの辺も変わるし、風の精霊は姿も性質も変わりやすい。水の精霊系もそうだと思ってたんだけど、あの灰色の蛙はなんか消えそうになってたんで心配だった。でも消えてから変わるってことはないよね？　どうなってるんだろ。

「晴れが続くと見なくなるけれど、他の精霊に変わって潜んでいるのもいるわね。ジーンが言ったように空に移動する精霊もいるし。ただ、そのまま消えてしまう精霊もいるわ」

「やっぱり消えちゃうのもいるの？」

「いるわねぇ。火の時代の終わりには、強大だった水の精霊が消えてしまった記録が多くあるわ。その辺は小さな精霊に分かれたとか、力を失って小さくなったとかも言われてるけど、実際に弱って消える精霊はいるわねぇ。代わりにどこかで新しい精霊が生まれることもあるわけだから、自然なことよ」

「だよね」

こう、黒精霊になりかけるわけでもなく、自然に消えてしまう精霊。『細かいの』になって、他の精霊に取り込まれたり、何かに溶けて消えてしまう。

「ありがとう」

「なんだったの？　アナタは見えるんだし、わかってたでしょう？」

「そうなんだけど、お喋りした精霊がそういう不安定な存在だと信じたくないとこがあって。上手く言えないけど、油断してると忘れるというか。目を背けちゃいそうだったから」

確認して、そういう儚《はかな》いものと付き合っているんだという自覚をしたいというか。ファンタジーな存在なんで、何か事件でもないと消えないような気がして——扱いが雑にならないように。かといって丁寧にしすぎる気もないいんだけど。

「全部がはっきり見えてるってのも大変そうねぇ。アタシは自分の契約精霊以外ははっきり見えないし、契約精霊も意識しないと朧《おぼろ》げだし――」

頬杖をついてこちらを見るハウロン。

「いつもは適当だよ。でもたまには見直さないとね」

自分の存在というか立ち位置の確認も兼ねて。俺が過ごしてるのは精霊の世界じゃなくって、人間側の世界です。

あとは普通につまみを食べながらハウロンはワイン、俺はお茶で、他愛のないことを話してカヌムの家に帰る。

腹ごなしに掃除と片付け。掃除の方は【収納】を使えばあっという間に埃もゴミも始末できる。いろんなものを飾れるのは、この掃除方法のおかげ。いっぱい色々飾ってる人って、普通は埃対策どうしてるんだろ？　調味料の補充と整理、調理道具と食器の手入れ、シーツの取り替え。洗濯は洗濯屋さんにまとめて出すんでやらない。

シーツを新しくしたところで、屋根裏部屋で昼寝。

起きたら半端《はんぱ》な時間。

さて、何をしようか？

夕方になって、飛び地の森に行く。

『こんにちは』

こんばんはかな？　ちょっと悩むね。


『んー』

『んー、んー』

『いらっしゃい』

『また会った』

『昼間ぶりー』


昼間と同じく他の精霊に囲まれている２匹の灰色蛙。

『んー。じゃあがんばる』

『んー、んー。高く上がるようにがんばる』

のそのそと歩いて、真上に木々の枝が伸びていない場所に少し移動する。葉も枝もまばらなんで、動かなくっても空は見えるんだけど。

『俺の魔力ちょっと持ってって』
『んー。ありがとう』
『んー、んー。いい魔力』

灰色から綺麗な青に変わる蛙。雨の色というより、空の色。

『んー。じゃあ行くよ』
『んー、んー。いいよ』

青色の蛙の1匹が口から丸い粒を出し、少し浮かせたところで、もう1匹がどこかから取り出した楓《かえで》みたいな形の葉っぱで、空に向けて粒を打ち上げる。
小さいんであっという間に見えなくなったけど、どこまでも真っ直ぐ勢いよく。

『んー。届いた』

『んー、んー。上手くいった』

『わーい、久しぶりに見た』

『久しぶりにドキドキした』

『久しぶりの雨だ！』


言葉通り、空からぽつぽつと優しい雨が落ちてきた。空は青いまま、蛙たちが言っていたように、たぶん小雨なんだろう。おそらく範囲もこの森だけ。それでも――


『すごいね。これを朝夕やるの？』

『んー。時々だよ』

『んー、んー。時々ね』


楽しそうに雨粒を追って飛び、走り回る精霊を見ながら、蛙たちも嬉しそうに目を細める。

俺も一緒に雨に濡れたまま、それを眺める。

熱を持って赤い色をしていた風の精霊が、黄色っぽく変わり、緑に変わる。木々の中から息を吹き返したのか、他の精霊たちも姿を見せる。

俺が昼間、ざばっとやった水とはちょっと違うみたい。久しぶりの蛙たちの雨に、精霊たちが喜んでいるのがわかる。

森に恵みの雨だ。

外伝1　カーンの場合

「そういうわけで、どうです？」

俺の主が聞いてくる。

店に少し遠方の商品が入ったから、どうだと言うような軽さ。だが実際は、ドラゴンを一緒に食わんか？　という常識外《はず》れな問い。

「……」

膝に肘を載せ、組んだ指に額を載せて顔を伏せる。

この主は、どういう反応を返せというのか。

「……」

我が宰相《さいしょう》たる魔道師も答えに詰まっている。

理解が追いつかないというより、理解したくないのだろう。気持ちはわかる。

「事前に確認に来たのは、評価する……」

顔を上げないまま言う。自分がどんな顔をしているのかわからない。

「捕まえる前に確認……。いえ、ドラゴンを見に行くとは言っていたわね……」

ハウロンもコレの扱いには困っているようだ。

一緒に消滅するつもりだったシャヒラを救い、不本意ながら生きながらえた俺に再び亡国の復興という存在理由を与え、笑う主。生まれながらの王にして、最後の王だった俺が、誰かを主と戴《いただ》くことになるとは思いもよらぬこと。

もし、あったとしても、いつか寝首を掻くか――雌伏《しふく》の時と、野望に燃えることになったたろう。俺は控えめに言っても、柔和《にゅうわ》な性格とはほど遠いと自覚している。

不本意ながらコレの配下となったわけだが、コレはまだ俺を王と呼び、王として見ている。特に自分の下に置いたという自覚はないようだ。

「やあ、ジーン！　来ていたのかい」

「おう、ちと荷物置いてくる」

「お帰り」

コレの知り合いが帰ってきた。

少しデキる冒険者、それだけなのだが、コレとの付き合いが上手い。この得体の知れない存在に対して、普通に付き合っている。

コツを学びたいところだが、難儀している。まあ、それは俺だけではないのだが。

「あ、ジーン！」

「うん？」

「エリチカの熱かぶれ、無事収まったそうだよ！」

「おお、よかった」

「夕飯は？」

「食べたけど、ジーンの料理ならまだ入るとも！」

主とクリスの話を黙って聞く。

コレは人嫌いなところがあるのに、人々が健康に快適に過ごせるよう働く。近くの者にはなんらかの方法で認識させないようにしているため、感謝がコレに向くことは少ない。

距離を慎重にとっているようで、一度近しくなると隠し事がなくなる。コレ本人は隠しているつもりなのかもしれんが。

「相変わらず美味しそうだね。それに美しい」

「なんだ、結局宴会か」

コレの扱いを一番理解しているレッツェが姿を現したことに、不本意ながら少しほっとする。

「温度差、温度差が酷くない？」

ハウロンが主の方に寄っていく。

俺は肉と酒以外必要としないのだが、コレの料理は美味い。酒も王だった俺が飲んだことのない上質なものを惜しげもなく与えてくる。

「酷くない、酷くない」

そう言いながら、俺にも細く華奢なグラスを渡してくる。このグラスでいったいどの程度の麦が購えるか。宝物庫にあるようなものが、普段使いに供給される。

最初は、俺が砂の神殿に埋もれている間に、ここまで文化が進んだのかと驚き、時の流れの差を埋めるため、かなりの努力を覚悟したのだが、すぐに違うと気がついた。――コレがおかしい。

「エリチカの熱かぶれ収束を祝って」

「乾杯！」

「ああ、なるほど。乾杯」

「……乾杯」

「……乾杯」

よくコレについていけるな？　ここの者たちを素直に尊敬する。

よい酒に、上質な肉。……肉か。

「珍しいお酒に透明度の高いガラス、珍しい食材。ええ、珍しい食材……」

ハウロンも宴《うたげ》の前に聞かれたことを思い出したのか、机に突っ伏した。大賢者としては砕けたところのある者だが、ここまで崩れるのを見るのはコレと一緒の時だけだ。

「おいどうした？　ジーン、何を話した？」

レッツェが疑わしそうに主に聞く。ここにいなかったのに、ハウロンがこうなる原因が主だとすぐに思い当たるのは、付き合いが長いからか。

「拾ってきた肉を、食っていいかどうかのジャッジをお願いしてるんだ」

コレには核心を避けて話す癖がある。

「拾い食いはやめとけ、病気持ちかもしれんぞ。って、絶対それだけじゃないだろう？　――何の肉だ？」

レッツェは追及の手を緩めない。

「2匹が喧嘩してて相討ちになったとこ見届けたやつだから、病気は平気」

「ああ、そりゃラッキーだったな」

「うん。あと【鑑定】できるんで、ソーセージの腹壊すやつとかも見分けられるぞ」

「……【鑑定】」

コレの新しい能力の話が溢れ出た。動揺がないところを見ると、レッツェたちはすでに知っている能力なのだろう。

俺の知る【鑑定】は、かなり限定的なものにしか効かないものや、毒や薬を判別する有用なものまで幅広い。ソーセージの例を挙げているが、ドラゴンを見ることができる【鑑定】が可愛らしいもののはずがない。

「で？　何の肉だ？」

「ドラゴン」

韜晦《とうかい》しているコレから、話の核心を引き出すレッツェ。

「うん？　何の肉だって？」

「ドラゴン」

「……」

「ドラゴン」

レッツェが額に手をやり黙った。この男にも手に余るのだなと、少し安心する。

「ジーン、ドラゴンって南の大陸のあれかい？」

「うん。そのドラゴン」

軽く答えるものではないと思うのだが。

「――ドラゴンを見に行くとは聞いたが、拾ってくるとは聞いてねぇ。というか、なんで食う話に？」

「【鑑定】が美味しいって言ってきたし、ドラゴンステーキ憧れるだろ？」

どういう【鑑定】だ。

「考えたこともないよ！」

「ドラゴンを食うってどこから思いついて――ちょっと、アナタの【鑑定】おかしくない？」

「ドラゴンの心臓の血を浴びると、鎧いらずの体になる英雄譚なら聞いたことがあるよ！」

「……ドラゴンを食う習慣は、俺が人として過ごしていた時代でも、すでに伝承の中にしか存在せん」

強さを示すためドラゴンを狩り、その強さを取り入れるため食う。随分昔の御伽噺《おとぎばなし》のような話だ。

「一応食った奴はいたのか……」

阿鼻叫喚《あびきょうかん》に近い状態の2人には参加せず、食事を進めるレッツェ。

俺も酒を一口。泡の上がる刺激のある酒だ、華やかだが、俺はやはり赤ワインがいい。

「ドラゴンが聖獣として存在していた期間が長いと、人間側にも遠慮が出る。俺のいた火の時代はそのあとだが、ドラゴンたちの守護精霊たる風の精霊が力を増し始めていた。人との力量差も広がったであろうし、何より飛行する種が増えて厄介になった」

ドラゴンを食うという行為が廃れた理由を推測する。正しくは、食っていた時代のドラゴンは、今のドラゴンと比べて弱く、狩りの対象として見ることがギリギリできたのだという説明。

「昔のドラゴンは見たことがないけれど。——飛ぶ種は特に、風の精霊の助力が大きいわ。空と地、飛べない人間が不利なだけじゃなくって、多くが純粋に強いのよ」

ハウロンは、一度ドラゴンと戦い、精霊の力をだいぶ削がれたことがある。戦ったドラゴンは傷を負いつつも、さっさと飛び去ったと聞く。

「ドラゴンを奉じる民の地に、今でも聖獣が眠るという伝承があったが……」

我が国と交易があったあの地は、今どのような状態になっているのか。

「主たる精霊の交代によって、大地はだいぶ様変わりを。ドラゴンを奉じる民自体が数を減らし、その姿を見つけることは難しくなりました」

察したハウロンが、来《こ》し方を告げてくる。

「ドラゴンの聖獣がどこかに眠ってるかもしれないなんて、ロマンだね……」

遠い過去の地に思いを向けていると、クリスがうっとりと言う。

「今と昔じゃ、だいぶ違うんだ？　で、天気がよければ明日解体しようと思うんだけど」

なぜコレはこうなのか。

「……」

「……」

「……」

「害がなけりゃいいだろ。すでに獲られて食えるなら、鴨だろうがドラゴンだろうが肉は肉だ」

他人事《ひとごと》のように言うレッツェ。この男は自分を保つことが上手い。

「ちょっと思い切りがよすぎない⁉」

「よし！　ドラゴンステーキ！」

ドラゴンステーキ……。間違ってはいないのだろうが、あの凶暴なドラゴンとステーキを結びつけるのは困難だ。

「私には思い及ばなかったけど、ジーンがそんなに食べたがるってことは美味しいんだろうね……。嬉しそうなのが移って食べたくなるよ！」

「ええ……っ」

「数の暴力多数決！　無事解体できたら、明日はドラゴンステーキです！」

いや、待て。

「もしや食う面子に全員が入っているのか……？」

「部位の希望も聞けます」

「……」

なんだこの軽さは？　完全にドラゴンを食材としか見ていない。

「いや、お前。それ普通の人間が食って平気なのか？　風の精霊の影響がバカ強い肉ってことなんだろ？」

「え？」

「え、じゃねぇ。食っていいとは言ったが、自分が食うとは言ってねぇ。ジーンの【鑑定】が美味いってんなら美味いんだろうが、どう考えても普通の人間には過ぎたもんだろう。ディノッソの旦那か、そこの2人くらいでないとダメなんじゃねぇの？」

耐えられたからといって、積極的に食う話に持ってゆくつもりはない。

「えー？」

「ちょっと！　そういうことならレッツェこそぜひ食べて、強くなってジーンについてて！」

「ドラゴンの心臓の血を浴びるのだよ！」

ああ。この男がコレについていてくれるなら安心だ。命の危機やそういった不安に対してではなく、主にコレの理解しきれない行動についての保険だが。

「ただいまさん！　騒がしいと思ったら、宴会か。混ざっていい？」

「お帰り～」

この貸家の最後の1人が帰還した。

「明日、天気がよければ夜はドラゴン肉だけど、食う？」

「食う！　ん？　――ドラゴン？」

条件反射のように答え、固まる赤毛の男。

「ドラゴン肉か〜。さすがに食ったことねぇな」

事情を聞いている最中は驚きの声を上げていたが、一通り聞いたあとは落ちついている。ハウロンや俺のように、説明を聞いても受け入れ難《がた》いということはないようだ。

「どこの部位がいい？」

「やっぱ肩より少し下がった背かな？　いや、飛ぶタイプなら腿？」

「ロースか腿か」

主とディーンのやりとりから、食うこともそのまま受け入れていることがわかる。度量が広い。

「ディーンが言うとドラゴンの部位だけれど、ジーンが言うと肉の部位に聞こえるね！　すごいよ！」

「受け入れる柔軟性……これが若さなのかしら……」

ハウロンの声は、この場合俺の心の声だ。

「いや、俺はディーンと同じ年のはずなんだがな……。はぁーー。食うなら、少なくとも神殿で黒精霊の方は抜いてもらえよ。自分でできるならそれでもいいが」

レッツェが呟いたあと、大きなため息を吐いて、完全に食う方に舵《かじ》を切っている主に注意をする。

「強い魔物は黒精霊も強いし、同化が進んでいると体が死んだあとも黒精霊が抜けづらいわ。ドラゴンは強い。乗っ取った黒精霊も強い。精霊が憑いてる者たちならば、多少は黒精霊を弾くでしょうけれど」

ハウロンが補足する。

「なるほど！　じゃあ、黒精霊を抜いたら、食べ比べがみんなでできる？」

いい笑顔をハウロンに向ける主。

「……」

無言で斜めに傾いでいくハウロン。

「なんで？　なんでそんなにドラゴンを食べたいの？　それに食べさせたいの？」

「珍しいものはみんなで食べたいじゃないか？」

そういう種類の問題ではない。

「その珍しいものは、食べるにも色々選択肢があるんだが……。大賢者様はちょっと落ち着け」

「ディーンが乗るのなら、私も乗るよ！　美味しいという話だしね！」

「おう！　美味い肉は大勢で食わなきゃな！　大魔道師ハウロンも知らねぇドラゴンの肉だ、食ったら自慢になるぜ！　人にゃ言えねぇだろうが、自分の中でな！」

「……っ！　食べるわよ！　そうよ、これは未知のものを知る喜びよ……っ！」

「本気か？」

勢いで決断すると後悔するぞ。

「おい、やけを起こすなよ」

ハウロンを止めるレッツェ。

「レッツェも解体には立ち会うだろ？」

この言葉がきっかけで、レッツェもハウロンも引き入れられた。

2人とも、知的好奇心には勝てないことを主はよく知っている。無邪気なようで、人をよく見て、人を動かす術を知っている。唆《そそのか》すのは得意なようだ。

ただ、それを厭う気配もあって、くだらんことにしか使っていない。

◆◇◆◇◆

バルモア、シヴァア、執事、アッシュ。

昨夜話を聞いた者たちの他に呼ばれた者たち。本当に全員にドラゴンを食わせたいらしく、結構な人数で北の大地に移動する。

「大人数だな？　獲物を解体して、肉パーティーだって聞いたが……」

騙されるまではいかぬものの、詳しく聞かされていない者もいるようだ。

「捕獲されたのね……」

「って、おい！　言い方！　不穏なんだけど!?」

落ち着きのないこの男とその妻は、ハウロンと縁がある。

枝を得るために声をかけた2人だというが、気に入っているらしく、他にも細々と付き合いがあったようだ。

「ふふ、今日は北の大地だって聞いたから、暖かい格好をしてきたけれど、解体作業には動きづらいかしら？　着替えも持ってきたから汚れても大丈夫だけれど」

「え？　北の大地!?」

「お誘いありがとう、ジーン」

話の様子からいって、聞かされていないのはバルモアだけのようだ。

「よし、じゃあ出発～」

「え、ちょ……っ！　寒ッ！」

【転移】。

ハウロンの一族の秘術のはずだが、コレはそれをホイホイと使う。この人数を【転移】させて小揺るぎもしない。おそらく1000人移動させても同じだろう。

戦略的にそれがどう見られ、国に欲しがられるか。無警戒のようでいて、上手く国や権力者を避けている様子だが、利用してきた側として主を見ていると不安が尽きない。

――寒い。

騒がしくも解体前の準備が進む。準備中、風の影響を抑えるためか、警戒させるためか、精霊に名付けを行う主。

「……」

自分の動かせる者たちの顔と名前を一致させておくことが、国のために死ねと命じることもある自分の責だと思っているのだが、流れるように名付けて配下の精霊を増やすコレに、把握が間に合わぬことがままある。

「ちょ……！」

「……大きいわね」

「おお!!　さすがドラゴン！」

「やっぱりこれまで会ったどんな魔物よりも大きいねぇ！」

黙って精霊の把握に努めていると、どよめきが上がる。できれば瞑想し、静かに精霊の把握に努めたいのだが、さすがにこの環境では無理のようだ。

仕方なくあとに回すことにするが、あとに回した精霊の数が膨大すぎて、いつ終わるのか見当もつかぬ始末。

「でけぇ、現物を目にすると想像力の限界を感じるな」

目を開けると、ドラゴンが出され、全員がしげしげと見ている。

視界に入るドラゴンは、巨大。

「……これより小さな種の方が多いはずだ」

思い描いていたドラゴンよりはるかに大きい。なぜこれを食うこと優先で見られるのか。

「実際に見たことがある者と、物語で焦がれた者の、イメージの差か」

レッツェが俺やディーンたちに目を向けて言う。

見たことがないゆえに、初めから巨体を想像していた者たち。見たことがあるゆえに、狩れるだろう大きさのドラゴンを想像した俺。

「……肉の解体って、ドラゴンのかあああああああああっ！！！」

バルモアの吠える気持ちがわかる。俺も一緒に吠えたい気分だ。

「おかしい、おかしいよね？　解体込みの焼肉パーティーって言われて、これはおかしいよね？」

「黒精霊抜きをとりあえず」

「スルー!?」

バルモアが騒がしくしている横で、主のやっていることがひどい。

「……ちょっと」

「反応に困りますな」

黒い『細かいの』が主の望みに従って動いている。ぞわぞわと蠢《うごめ》くそれらは、意思を持たぬゆえにまとまりがなく、何かに寄せられることはあっても何かに従うことはない。

それなのに動いている。

「よくわかんねぇけど、気のせいか力技、力技で抜いてない!?」

「……細かすぎて意思なき精霊に、意識的に何かをさせるのは困難なのよ。……困難なはずなのよ」

「美しいが、同時に禍々しい。ジーン、不調はないのか?」

『細かいの』は意思を持たぬゆえに、同化しやすく人の体内に忍び込みやすい。健やかであれば、少しの黒い『細かいの』はすぐに消し去ることができるだろうが、人の姿を飲み込むようなこの量だ。触れて影響がないことがおかしい。

「まったく平気」

主はおかしかった。

さらにおかしなことに、『細かいの』をまとめて1個の精霊を生み出してしまった。

「今、精霊が産まれなかった？　いえ、気のせいよね？」

残念ながら気のせいではない。

「ジーン様のそばに見えますな……」

「確認を言葉にするのやめて……」

「結果的に俺の動かせる精霊も不穏になるのだが……」

黒精霊が配下に混じっていることに驚いたのは少し前。白黒、２人のシャヒラを配下に収めているのだから不思議はないのだが、精霊も黒精霊も数が尋常ではない。精霊に比べると少ないものの、単体で見た黒精霊の数は狂気の沙汰《さた》だ。

その規模の黒精霊を配下に置く主は、ドラゴンから精霊を抜いて、皆が食べられる状態に持っていけたことに喜んでいる。

「って、どこ縛ればいい感じに吊るせると思う？　やっぱり足？　尻尾は滑りそうなんだけど」

「足を絡めて尻尾を縛るしかねぇんじゃねぇ？」

「そんなに長い縄、持ってきてない」

「血も精霊を抜くみたいにはいかないのかい？」

「あ。できる、できる」

若者たちは順応が早い。

なぜあれを見たあとで――見ることが叶わずとも、あの気配を感じたあとですぐに作業にかかれるのか。そしてドラゴンを解体することに躊躇《ちゅうちょ》はないのか。いや、この期《ご》に及んで頭を痛めている俺が女々《めめ》しいのか。

「血抜きのために頭を落とすけど、どの辺切ればいい？」

「この巨体、どうやって切るんだよ」

「ジーンが持ってきた資料によると、この膨らんでるところは火袋。ここは避けて、その上だろうな」

検分する者たちに遠い目を向ける。細かなことに拘らず、己を豪快な方だと思っていた昔が懐かしい。

「てい！」

検分を終え、いよいよ首を落とす難儀な作業かと思えば、主があっという間にドラゴンを斬る。

「専用の精霊剣持ち。太刀筋もいい――」

「――ジーンって、剣も使えたの？」

最近は精霊の力を借りての妙な技が多いが、確か剣も使っていた。そう、シャヒラを斬り分けたのは主のあの剣だった。

「そういえば、魔法の練習と、精霊関係での力の行使ばかりでございましたな……」

「剣は割と普通――いや、強いが。大技は使わねぇし、戦い方は安定してるぞ」

「なんでそっちは普通なのよ！　レッツェが教えたの⁉」

「ぶっ！」

言い合う者たちの言葉は耳を素通りする。

――確かにジーンは俺の主だ。


主に従い、黙々とドラゴンを解体する。

硬い外殻に剣を差し入れ、隙間を作ったところで一気に引き剥がす。外殻は硬いままだが、精霊の抜けたドラゴンは思ったよりも解体が容易《たやす》い。

この主に従っている間は、ドラゴンと戦う確率が低くない気がする。体の構造を覚えるには、解体作業はとてもいい。

ハウロンは全体の構造の把握に余念がなく、レッツェは火袋の位置や顎の開閉、関節の曲がる方向や限界など、実際に対峙した時に欲しい情報を拾っている。解体に参加する者たちはそれぞれ自分の持つ剣をどこにどう刺すのが効果的か、検証しながら行っている。叫び、狼狽え、それでもやるべきことはやり、見るべきところは見ている。

国という組織の一員には向かぬ性格をしているが、それぞれ頼りになる者たちだ。

「こちらは殻を外したぞ」

汗を拭《ぬぐ》って伝える。

汗を掻いたのなど、いつぶりか。


解体が終わり、すぐに食うのかと思えば、いったん主が【収納】して、カヌムに【転移】。風呂に入ってさっぱりしろと言う。

主の行動はなんとも理解できんところがあるが、確かに体が臭うような状態で食事をするのは落ち着かぬ。

主の家も解放され、それぞれ風呂を使う。

用意はされたが、俺に湯に浸かるという習慣はなく、まず水を浴びて体を拭う。その後、ものは試しかと湯に浸かると、冷えた指先が痺《しび》れるような感覚があり、やがて緩む。

盛んに勧められたように、気持ちいい気もするが、せっかく水で引き締めた肌が緩んでしまい、そこは気持ちが悪い。なんとも自分の心持ちがわからぬ。

心の中で主と呼び、コレと呼ぶ。

やがて慣れて、コレと呼ぶことは少なくなってゆくのかもしれぬが、今はまだ納得のゆかぬモヤモヤとしたものを己が心に置くのを許そう。


全員が風呂から上がり、着替えたところで、再び北の大地に連れていかれる。

肉は部位ごとに大まかに分けられたものと、シヴァによってさらに扱いやすく切り分けられたものがある。

「夢の漫画肉！」

主には何か拘りがあるのか、骨についた肉をいくつかより分けていた。

火が熾され網が置かれ、肉が焼かれる。

分厚く切られた肉には、もはやドラゴンを想像させるものは何もない。皆が肉に手を伸ばすなか、俺も皿に1枚。

ぐっと噛めば、押し返すような弾力があり、それでいて難なく噛み切ることができる。肉汁が口中に広がり、旨味《うまみ》が染みる。

ドラゴンの肉のせいか、料理する時に主が精霊に手伝わせたせいか、肉の味が濃い。酒も極上で、喉を潤す。

話にしか聞いたことがなかった、黒山の偉容を視界に収めながら、ドラゴンの肉を貪り、配下ではない者たちと酒を飲む。長き時を過ごしてきたが、このような体験をすることになるとは思ってもみなかった。

――なかなかよい。

外伝2　精霊のいる世界

「ニイ様」

オルランドを従えて、チャールズ殿と一緒にニイ様の元に向かう。

突如島に現れたドラゴンにより、防御のための魔法陣や、チャールズ殿の丹精した隠蔽と錯覚を起こさせる庭の一部が駄目になった。

「こんばんは、騒がせたな。広場は大丈夫そう？」

顔には出さず内心焦っていたのだが、ニイ様は微かに困ったような顔をされるだけで、特に慌てた様子もなく、こちらを労《ねぎら》ってくださる。

「何本かの木々は駄目にしましたが、ここは育ちがいいのでなんとか……」

チャールズ殿はそう言われるが、あの状態からどうやって回復させるのか、素人目には見当がつかない。

「魔法陣の方はすぐにでも新しいものを。しかし、また石に刻んでも、割れてしまうことがあっては同じこと。どうしたものか考えております」

同じ間違いは繰り返すまい。

ドラゴンは想定外であったが、この島を狙う者は驚くほど多く、精霊に憑かれた異能の持ち主さえ混ざる。

精霊に憑かれた異能持ち――人の能力を強化する程度ではなく、精霊の使うような目に見えない力を使う者たちに対しては、資料を集め、周囲の話を聞き、神殿時代から、見えないながらも手探りで対応してきた。

それに比べ、強大ではあるものの、ドラゴンは私にも見える。これから対策を考えることになるが、見えるのだ。

自分が見て感じることのできる異形《いぎょう》の存在。魔物から感じる気分の悪さはなく、ただただ強い存在。年甲斐もなく、心躍る。

「いや、もうドラゴンは来ないと思うし……」

「来ないのですか？」

せっかく自分の敷いた守りの結果を自身で確認できるかもしれず、さらにはあの美しく強大な存在をまた間近で見る機会を得られるかと思ったのだが。

「老師……」

困惑したオルランドの声で我に返る。

そうだ、来ることを期待してはいけない。飛来することを想定して備えることも大切だが、島が無事であるのが一番の望み。

精霊も見えず信仰さえ失った私の放浪に、何も言わずついてきてくれた兄弟。オルランドは善良で、私には過ぎた従者だ。

「来られたら困る。が、来られても大丈夫な態勢を整えねば……」

キール殿も同じ考えの様子で心強い。

「何と戦う気なんだ……」

「可能性のあるあらゆるものと」

アウロ殿が言い、この島の防御の要、チェンジリングたちが頷き合うのを見る。

ニイ様はこの島の価値を甘く見てらっしゃる、その力の抜けた雰囲気が崩れぬよう守るのも、島を守るのと同じくらい大切なこと。

なんとも不思議な方と知り合った。そして島全体が、精霊のために整えられた『精霊の枝』のような国。

信じて祈りを捧げた神を疑った時、もう私は何かに仕えて働くことは無理だと、地位を手放した。放浪する間も気持ちは定まらず、結局海を越え、ナルアディードまで辿り着いてしまった。

そこでニイ様と出会えた幸運。若者たちとやりとりするニイ様を目にすると微笑ましく、その輪に私の入る場所があることは喜ばしい。

「私もご相伴させていただいても？」

食事の話題に、自分も参加してよいか確認する。

「もちろん。ここにいる人数分の椅子ってある？　ないなら立食で。俺はちょっと作ってくる」

「お手伝いを」

アウロ殿がすかさずニイ様につく。

我が君と呼び、ニイ様に一番心酔している存在。精霊側のチェンジリングとのことだが、精霊の存在に極端に鈍《にぶ》い私には、普通の人間とどこが違うのか判別がつかない。

ファラミア殿やキール殿も、ニイ様を慕っていないわけではない。むしろ他の領主にかしずく者たちと比べ、ニイ様への忠誠心は厚い。ただ、２人にはソレイユ殿の存在が大きく、心を占めている。

私自身は、住人を守ることを優先しようと決めている。今までもしてきたことであるし、ニイ様が私に求めるのもそれであろうから。

そのため敵が現れた時、他を捨てて迷わずニイ様をとるであろう、アウロ殿がいるのは心強い。キール殿がてきぱきと用意し、オルランドが手伝う。こういう場合、どうも自分は邪魔になるようで、ソレイユ殿のそばで大人しくしている。

「えーと。これはどこに置きますか？」

「待って、気軽に触っちゃダメ……」

「すみません。壊れてしまうようなものでしたか」

ソレイユ殿の見つめる見事な彫刻について、オルランドがどうするか尋ねると、死にそうな声で止めてきた。

「真ん中に置くから、座れ」

「あっ」

横から伸びたキール殿の手が無造作に彫刻を攫ってゆき、ソレイユ殿が短く悲鳴を上げる。

「そこ、火台置きたいんだけど」

「ううう。この芸術品を雑、雑に……」

大人しく席に着いたソレイユ殿だが、ニイ様にも彫刻を雑に扱われそうになり、大事そうに抱きしめて涙を浮かべている。

「それ、ドラゴンの外殻だから、よほど変なことしない限り傷つかないぞ」

「ドラゴン……ドラゴン……！」

「抱いててもいいけど、焼肉の匂いつくぞ」

あの美しい彫刻より、焼肉の方が大切なニイ様。そしてあれは、ドラゴンの一部に彫刻を施したものであったか。

「ドラゴン……、ドラゴン……。ドラゴンの外殻……？　いやそんな？　ドラゴンの素材はそう簡単にあっていいものじゃ……。でも今日広場に――」

オルランドがソレイユ殿に共感し始め、焦点の合わぬ目で呟いている。

オルランドは、強い感情に引かれやすい。慶事があれば我がことのように喜び、悲しき出来事を聞けば、一緒に涙する。主体性がないと言う者もいるが、好ましいことだと思っている。

ただ、ソレイユ殿のこれには過剰反応をしているように感じ、どうしてよいか少々わからずにいるのも確かだ。

「適当に網の上で肉と野菜を焼いて食って。肉にはこのタレをつけて食うんだけど、これは辛いやつ、これはさっぱりしたやつ、これはちょっと濃厚。好みでどうぞ」

ニイ様の出した料理は、好きなものを個々に焼いて食べるものらしい。もどきとはいえ、自分で料理をするのは何年ぶりか。

「なるほど……」

トングを手に取る。

「はっ！　老師、自分が！」

すぐにオルランドに取り返される。

自分で焼いてみたかった気がするが、過去を振り返っても消し炭を作り出していた記憶しか出てこぬ身としては、大人しくしていた方が平和というもの。

「これは美味しい……」

焼いただけの肉がなぜこのように美味しいのか。しかも焼くのはそれぞれであり、肉の焼き加減も違う。

「はい、老師。驚くほど美味しい」

美味しく肉や野菜を食べているうちは平和だったのだが、その食べていた肉がドラゴンと判明し、オルランドが意識を手放した。立ったまま白目を剥く器用さを自分の従者に発見する。

ソレイユ殿を載せた戸板をオルランドにも貸してもらおうか……。

「警備にオル……。不要のようですね」

アウロ殿の声に、ソレイユ殿を見ていた目をオルランドに戻す。ほんの少しの間に、オルランドは腹を中心に浮いていた。

「うー……」

腹を起点に手足を力なく投げ出した状態で、オルランドが呻く。

「もしや、ここに精霊が……？」

相変わらず気配は微塵も感じないが、オルランドが浮いているのだから、おそらく何かがいる。

「ああ、そういえばこれ」

「なんですかな？」

ニイ様が何かを私にくださる。オルランドに効く薬の類——ではなく、何やら描かれた魔法陣であった。これは、神殿の鏡の間と呼ばれる場所にあった、自身の精霊を見るための魔法陣に似ている。どう違うのかまでは読み解けぬが、こちらの方が魔力のロスが少ない構造であることは理解した。

「一時的に精霊が見えるようになる魔法陣」

「おお!?」

私の長年の夢が！　夢が！

「ここから魔力を通せばいいようになってるから。落ち着いたら使って」

ニイ様が説明してくださる。

「そうですな、せっかくですので『精霊の枝』で使わせていただきます」

片手で魔法陣を抱いたまま一礼し、宙に浮くオルランドを従えて、今の居場所である『精霊の枝』へと戻る。

オルランドを部屋まで送り届け、年甲斐もなく走り出しそうな気分を抑え、以前ニイ様にいただいた酒の瓶とグラスを居間の棚から掴み出し、精霊の枝を祀《まつ》ってある部屋に向かう。

早足になるのは致し方あるまい。

この『精霊の枝《ばしょ》』では、多くの人たちが精霊を目撃している。それこそ精霊の影も形も感じたことのなかった人が、ここで精霊を見たのだと言う。

夜になりこの部屋の精霊灯は数が落とされて、精霊の枝を淡く照らす。部屋に使われている石のせいか、天井から飾られる布のせいか、この部屋の闇は青い。

精霊の枝に、祈りと1杯の酒を捧げる。御前から少し下がり、床に座り込んでもう1つ、自分のグラスに酒を注ぐ。磨き抜かれた床は、その私の仕草を朧げに映す。

グラスを精霊の枝に掲げ、中の酒を一口。私好みの少し渋みのある深い味が口に広がり、喉を通る。

これから目にするのは、長年焦がれた姿。震えそうな指で、ニイ様にいただいた魔法陣を起動させる。

途端に視界が明るく変わる。たくさんの淡い光、そのうちの白い光と赤を帯びた光の中に、はっきりとした精霊の姿を見る。

自身を包む光と同じ色を持つ、花、鳥、動物を合わせた姿のもの、人の姿に似たもの。さまざまな姿のものたちが、青い布で遊び、精霊の枝の周囲を巡り、飾ってある楽器に戯《たわむ》れかかっている。

これが精霊――。

まるで水盆に映る風景を眺めているかのように、相変わらず存在を感じ取ることはできないが、こんな世界が周囲にあったとは。

しばらく陶然《とうぜん》と眺めていると、控えめに膝を叩かれる。何事かと思って見れば、白に近いクリーム色のどっしりとした織りの布に、金の模様が入った薄いクッション。そのクッションが角で私の膝をつついている。

いや、これはクッションではない。私の長年仕えた神殿の「精霊の仮枝《かりえだ》」を載せた枕だ。本物の精霊の枝ではないが、女神ナミナのもと、毎日祈りを捧げた対象――の下にあったものだ。見間違えるわけがない。

その枕が私をつつく。何かを伝えようとしているらしく、周りをゆっくり巡っては、足や膝、尻をつついてくる。

「お前は触れるのだね？」

こちらから触れようと、そっと手を伸ばし尻を浮かせたところで、下に滑り込んでくる。

「もしや、私を載せたかったのか？」

頷くように、1つの端がちょこんと下がる。

「お前はアノマの神殿にいたね？　私を覚えているのか？」

もう一度端が下がる。

「まさか、私に精霊の知り合いがいたとは……」

なんということだろうか。それも住み慣れた土地から、こうも離れた場所で。

嬉しいような泣きたいような感情が、混ざって込み上げてくる。

年を取ると涙脆《もろ》くなる。年を取ると感情の動きが鈍くなる。私は後者だと思っていたのだが、どうやら違ったようだ。

◆ジーンの地図◆

北の大地
テオラール国
パスツール
王国
エディ
アノマ
魔の森
アジール国
カヌム
シュルム
ドゥス王国
滅び
の国
ジーンの
最初の家
ナルア
ディード
エス
エス国
メール
ジャングル
ドラゴン

あとがき

こんにちは、じゃがバターです。

『異世界に転移したら山の中だった。反動で強さよりも快適さを選びました。』10巻！　とうとう二桁です。1巻――始まりの時より、ジーンは成長したでしょうか？　背丈は牛乳を飲んでも変わっていないですが。

ここまで巻数を重ねられたのも、それもこれもこの本をお手に取っていただいている皆様のおかげです。ありがとうございます。美麗なイラストでお話を彩ってくださる岩崎様、編集様を始め、いろいろお骨折りいただいているこの本に関わってくださっている皆様にも感謝を！　恵まれているな～としみじみ思う今日この頃です。

10巻だからというわけでもないのですが、今回書き下ろしのページが多めです。飛び地の様子と、カーンが内心慌てている話、パウエルおじいちゃんが精霊を目にして感慨深くなっている話を書いております。外伝2つはカーンから見たジーン、パウエルおじいちゃんから見た精霊たちもそれぞれお楽しみください。

ジーン「俺、丸くなった？」

ディノッソ「馬鹿になった」
ジーン「ひどい！」
ディノッソ「いい意味でだ。初めて会った時は、何考えてるのか分からなかったからな」
レッツェ「最初のころは怖い顔つーか、余裕のない顔してたな。顔つきからして穏やかになったよ」
アッシュ「うむ。今の顔の方が、私は見ていて嬉しい」
ジーン「む……」
執事「人に混じって影響を受け、影響を与えた結果ですかな？」
クリス「ジーンに影響を与えた一人になれたら嬉しいよ！　もちろん私はジーンに嬉しい影響を受けているとも！」
ディーン「一緒に馬鹿やるのも楽しいもんだぜ！」

これからもジーンたちにお付き合いいただければ嬉しいです。

じゃがバター

２０２２年霜月吉日

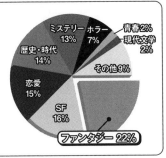

異世界に
転移したら山の中だった。
反動で強さよりも快適さを選びました。
1〜10
著▲じゃがバター
イラスト▲岩崎美奈子
カクヨム
書籍化作品
「カクヨム」総合ランキング
累計1位
獲得の人気作
(2022/4/1時点)
2023年5月、
最新11巻発売予定！
「コミック アース・スター」で
コミカライズ
好評連載中！
勇者には極力
近づきません！
花火の場所取りをしている最中、突然、神による勇者召喚に巻き込まれ
異世界に転移してしまった迅。巻き込まれた代償として、神から複数の
チートスキルと家などのアイテムをもらう。目指すは、一緒に召喚された姉
(勇者)とかかわることなく、安全で快適な生活を送ること。
果たして迅は、精霊や魔物が跋扈する異世界で快適な生活を満喫できるのか──。
精霊たちとまったり生活を満喫する異世界ファンタジー、開幕！
定価1,320円(本体1,200円+税10%)
ISBN978-4-8156-0573-5
「カクヨム」は株式会社KADOKAWAの登録商標です。
ツギクルブックス
https://books.tugikuru.jp/

白い結婚、最高です。
著：火野村志紀
イラスト：深山キリ
自由な生活それは
白い結婚一択です！

追放
悪役令嬢の旦那様
著／古森きり
イラスト／ゆき哉
1～6
マンガPark
「マンガPark」（白泉社）で
©HAKUSENSHA
コミカライズ
好評連載中！
謎持ち悪役令嬢
第4回ツギクル小説大賞
大賞受賞作
規格外の旦那様と辺境ライフはじめます!!!
卒業パーティーで王太子アレファルドは、
自身の婚約者であるエラーナを突き飛ばす。
その場で婚約破棄された彼女へ手を差し伸べたのが運の尽き。
翌日には彼女と共に国外追放&諸事情により交際0日結婚。
追放先の隣国で、のんびり牧場スローライフ！
……と、思ったけれど、どうやら彼女はちょっと変わった裏事情持ちらしい。
これは、そんな彼女の夫になった、ちょっと不運で最高に幸福な俺の話。
定価1,320円（本体1,200円＋税10%）　ISBN978-4-8156-0356-4
ツギクルブックス
https://books.tugikuru.jp/

逆行した悪役令嬢は、なぜか魔力を失ったので深窓の令嬢になります
1〜5
著†蒼伊
イラスト†RAHWIA
コミカライズ企画進行中!
魔力がなくても精霊と一緒に未来を変えます!
魔力の高さから王太子の婚約者となるも、聖女の出現により
その座を奪われることを恐れたラシェル。
聖女に悪逆非道な行いをしたことで婚約破棄されて修道院送りとなり、
修道院へ向かう道中で賊に襲われてしまう。
死んだと思ったラシェルが目覚めると、なぜか 3 年前に戻っていた。
ほとんどの魔力を失い、ベッドから起き上がれないほどの
病弱な体になってしまったラシェル。悪役令嬢回避のため、
これ幸いと今度はこちらから婚約破棄しようとするが、
なぜか王太子が拒否!? ラシェルの運命は――。
悪役令嬢が精霊と共に未来を変える、異世界ハッピーファンタジー。
1巻:定価1,320円(本体1,200円+税10%) ISBN978-4-8156-0572-8
2巻:定価1,320円(本体1,200円+税10%) ISBN978-4-8156-0595-7
3巻:定価1,430円(本体1,300円+税10%) ISBN978-4-8156-1044-9
4巻:定価1,430円(本体1,300円+税10%) ISBN978-4-8156-1514-7
5巻:定価1,430円(本体1,300円+税10%) ISBN978-4-8156-1821-6
ツギクルブックス
https://books.tugikuru.jp/

出ていけ、と言われたので出ていきます
1~3
著
枝豆ずんだ
イラスト
アオイ冬子
緑川明
婚約破棄を言い渡されたので、
その日のうちに荷物まとめて出発！
猫と一緒に
二人(?)旅を楽しみます！
イヴェッタ・シェイク・スピア伯爵令嬢は、卒業式後のパーティで婚約者であるウィリアム王子から突然婚約破棄を突き付けられた。自分の代わりに愛らしい男爵令嬢が殿下の結婚相手となるらしい。先代国王から命じられているはずの神殿へのお役目はどうするのだろうか。あぁ、なるほど。王族の婚約者の立場だけ奪われて、神殿に一生奉公し続けろということか。「よし、言われた通りに、出て行こう」
これは、その日のうちに荷物をまとめて国境を越えたイヴェッタの冒険物語。
定価1,320円（本体1,200円＋税10%）　ISBN978-4-8156-1067-8
ツギクルブックス
https://books.tugikuru.jp/

プティル⚡コミックス　プティル⚡ノベルス
プティルHoney・コミックス　プティル⚡ブックス
× めちゃコミック コラボコンテスト

第3回 プティル小説大賞

あなたの小説が
書籍化される!?
コミックになる!?

©JIN.

現代＆異世界のファンタジー作品を大募集!!
林マキ先生がコミカライズを担当する、受賞特別枠も!

応募受付期間

2022/11/21(月)〜2023/2/17(金)まで

詳しくはこちら

「プティル小説大賞」とは?

プティル編集部、めちゃコミックで作品選考の上、紙書籍、電子書籍の出版化を行います。
そしてさらにめちゃコミックでの独占先行配信、翻訳版の海外配信、映像化などのメディアミックスも検討していきます。

ツギクル　https://www.tugikuru.co.jp/petir3/

ツギクルブックス

愛読者アンケートに回答してカバーイラストをダウンロード！


愛読者アンケートや本書に関するご意見、じゃがバター先生、岩崎美奈子先生へのファンレターは、下記のURLまたは右のQRコードよりアクセスしてください。

アンケートにご回答いただくとカバーイラストの画像データがダウンロードできますので、壁紙などでご使用ください。

https://books.tugikuru.jp/q/202301/yamanonaka10.html

本書は、カクヨムに掲載された「転移したら山の中だった。反動で強さよりも快適さを選びました。」を加筆修正したものです。

異世界《いせかい》に転移《てんい》したら山《やま》の中《なか》だった。反動《はんどう》で強《つよ》さよりも快適《かいてき》さを選《えら》びました。10

2023年1月25日　初版第1刷発行

著者　じゃがバター

発行人　宇草 亮
発行所　ツギクル株式会社
〒106-0032　東京都港区六本木2-4-5
TEL 03-5549-1184
発売元　SBクリエイティブ株式会社
〒106-0032　東京都港区六本木2-4-5
TEL 03-5549-1201

イラスト　岩崎美奈子
装丁　株式会社エストール

印刷・製本　中央精版印刷株式会社

ISBN978-4-8156-1852-0
Printed in Japan